사람은<sub>은</sub>
무엇으로
사는가

똘스또이 단편선 1

# 사람은 무엇으로 사는가

이종진 옮김 · 이상권 그림

창비
Changbi Publishers

차례

# 사람은 무엇으로 사는가

우리는 우리의 형제들을 사랑하기 때문에 이미 죽음을 벗어나서 생명
의 나라에 들어와 있는 것이 분명합니다. 사랑하지 않는 사람은 죽음 속에
그대로 머물러 있는 것입니다.　　　　　　　　　　　(요한의 첫째 편지 3:14)

누구든지 세상의 재물을 가지고 있으면서 자기의 형제가 궁핍한 것
을 보고도 마음의 문을 닫고 그를 동정하지 않는다면 어떻게 그에게
하느님을 사랑하는 마음이 있다고 하겠습니까? 사랑하는 자녀들이여,
우리는 말로나 혀끝으로 사랑하지 말고 행동으로 진실하게 사랑합시다.
　　　　　　　　　　　　　　　　　　　　　(요한의 첫째 편지 3:17─18)

사랑하는 여러분에게 당부합니다. 우리는 서로 사랑합시다. 사랑은
하느님께로부터 오는 것입니다. 사랑하는 사람은 누구나 하느님께로
부터 났으며 하느님을 압니다. 사랑하지 않는 사람은 하느님을 알지

못합니다. 하느님은 사랑이시기 때문입니다.  (요한의 첫째 편지 4:7-8)

아직까지 하느님을 본 사람은 없습니다. 그러나 우리가 서로 사랑한다면 하느님께서는 우리 안에 계시고 또 하느님의 사랑이 우리 안에서 이미 완성되어 있는 것입니다.  (요한의 첫째 편지 4:12)

하느님은 사랑이십니다. 사랑 안에 있는 사람은 하느님 안에 있으며 하느님께서는 그 사람 안에 계십니다.  (요한의 첫째 편지 4:16)

하느님을 사랑한다고 하면서 자기의 형제를 미워하는 사람은 거짓말쟁이입니다. 눈에 보이는 형제를 사랑하지 않는 자가 어떻게 보이지 않는 하느님을 사랑할 수 있겠습니까?  (요한의 첫째 편지 4:20)

## 1

한 구둣방 주인이 아내, 아이들과 함께 어느 농부의 집에 세 들어 살고 있었는데, 그는 집도 땅도 없었으므로 구두를 만들고 고치는 일로 살아가고 있었습니다. 식량은 비싼 데 비해 삯은 쌌기 때문에 번 것은 모두 먹는 데 들어갔습니다. 그에게는 아내와 같이 입는 모피 코트 한 벌밖에 없었으며 그것마저도 다 해져 누더기가 되어 버렸습니다. 그래서 새 모피 코트를 지을 양가죽을 사려고 벌써 2년째나 벼르고 있었습니다.

가을이 되자 구둣방 주인에게는 얼마의 돈이 모였습니다. 아내의 장롱 속에 3루블이 있었고, 마을 농부들에게 빌려 준 돈이 5루블 20까뻬이까 가량 되었습니다.

그래서 그는 아침부터 마을에 모피 코트를 사러 갈 채비를 하였습니다. 그는 아침을 먹은 뒤 셔츠 위에 아내의 무명 솜 재킷을 입고, 그 위에 까프딴(뾰뜨르 대제 이전에 유행한 옷자락이 긴 코트—옮긴이)을 걸치고 3루블짜리 지폐 한 장을 호주머니 속에 넣은 뒤 나뭇가지를 하나 꺾어 지팡이를 만들어 길을 떠났습니다. 그리고 생각했습니다.

'농부들에게서 5루블을 받으면 내 돈 3루블을 보태 모피 코트를 지을 양가죽을 사야지.'

마을에 이르러 구둣방 주인은 어느 농부네 집에 갔습니다. 바깥주인은 집에 없었고, 그 아내가 일 주일 안으로 남편 편에 보내 주겠다고 약속할 뿐 돈을 갚지 않았습니다.

구둣방 주인은 다른 농부네 집으로 갔습니다. 그 농부는 돈이 한 푼도 없다고 하느님께 맹세하면서 장화 고친 값 20까뻬이까만을 줄 뿐이었습니다. 구둣방 주인은 하는 수 없이 외상으로 양가죽을 사려고 했으나 가죽 장수는 그를 믿고 외상으로 주려고 하지 않았습니다.

"먼저 돈을 가져오도록 해요. 그러고 나서 마음에 드는 것을 골라 가요. 외상값은 받기가 어렵다는 것을 우리는 잘 알잖소."

이리하여 구둣방 주인은 겨우 장화 고친 값 20까뻬이까를 받고 또 어느 농부에게서 헌 펠트 장화에 가죽 대는 일을 맡았을 뿐 아무것도 한 것이 없었습니다.

　구둣방 주인은 속이 상하여 그 20까뻬이까로 몽땅 보드카를 마셔 버린 뒤 양가죽도 사지 못하고 집을 향해 발걸음을 옮겼습니다. 아침에는 날씨가 좀 추운 것 같더니 술이 한잔 들어가자 코트를 입지 않았는데도 몸이 후끈거렸습니다.

　구둣방 주인은 길을 걸어갔습니다. 한 손으로는 울퉁불퉁 얼어붙은 땅을 지팡이로 두드리며 또 한 손으로는 펠트 장화를 휘두르며 혼자 중얼거렸습니다.

　"모피 코트를 입지 않아도 따뜻하기만 하구나. 보드카 한잔을 마셨더니 온몸이 후끈거리는구면. 모피 코트 따윈 없어도 좋아. 슬픔 같은 건 잊고 걷고 있다고. 난 그런 사나이야! 그래, 내가 어떻다는 거야? 그럼, 그런 거 없어도 난 살 수 있어. 모피 코트 따윈 일생 동안 필요 없어. 단지 마누라가 우울해할 것이 걱정이지. 게다가 화가 나는 것은 나는 저를 위해 애써 일했는데 마누라는 나를 아주 업신여긴단 말야. 어디 두고 보자. 너희들이 이번에도 돈을 안 가져오면 모자를 벗겨 버려야지. 아암, 내 그렇게 하고말고. 한데 이게 어떻게 된 일이지? 돈을 20까뻬이까씩 찔끔찔끔 주다니! 흥, 20까뻬이까로 무엇을 하란 말이야? 술이나 마실 수밖에 없잖아. 생활이 곤란하다고 하지만 너희들만 곤란하고 나는 곤란하지 않단 말이냐? 그래도 너희들에겐 집도 있고 가축도 있고 다른 것도 다 있지만 나는 빈털터리야. 너희들은 자기 빵을 먹지만 나는 사서 먹어야 해. 어디서 구하든 일 주일에 빵 값만 3루블은 나가야 해. 집에 가면 빵이 없을 테니 1루블 반을 또 내놔야 하고. 그러니 너희들도 내 돈을 갚아 줘야겠어."

마침내 구둣방 주인은 길모퉁이에 있는 작은 교회 근처까지 왔습니다. 그런데 교회 뒤에 무언가 하얀 것이 보였습니다. 이미 황혼이 지기 시작했으므로 구둣방 주인은 찬찬히 그것을 바라보았지만 무엇인지 알 수가 없었습니다.

'여기에 돌 같은 건 없었는데, 가축인가? 그런데 가축 같지도 않네. 머리는 사람 같은데 사람의 머리치고는 너무 희군. 그리고 사람이 왜 이런 곳에 와 있겠어?'

구둣방 주인은 좀더 가까이 다가갔습니다. 물체가 똑똑히 보였습니다. 이게 웬일입니까? 그것은 사람이었습니다. 그는 살았는지 죽었는지 벌거벗은 몸으로 교회 벽에 기대앉아 꼼짝하지 않고 있었습니다. 구둣방 주인은 무서운 생각이 들었습니다.

'누군가 이 사람을 죽이고 옷을 벗기고 나서 여기 버렸나 보다. 너무 가까이 갔다가는 나중에 무슨 일을 당할지 모르겠다.'

그래서 구둣방 주인은 그냥 지나가 버렸습니다. 교회 모퉁이를 돌자 그 남자의 모습은 보이지 않았습니다. 그러나 교회를 좀 지나 뒤돌아보자 그 남자가 벽에서 몸을 일으켜 움직이기 시작했습니다. 어쩐지 이쪽을 바라보고 있는 것 같았습니다. 구둣방 주인은 더더욱 겁이 나서 이런 생각을 하였습니다.

'다시 가까이 가 볼까? 아니면 이대로 가 버릴까? 혹시 곁에 갔다가 무슨 봉변이라도 당할지 몰라. 어떤 놈인지 아무도 모르니까. 아무튼 좋은 일을 하고 이런 데 와 있을 리는 없지. 가까이 가면 벌떡 일어나 내 목을 조를지도 몰라. 그렇게 되면 나는 꼼짝없이 죽는 거지. 목 졸려 죽지 않더라도 아마 저 사람 일에 말려들 거야. 한데 저 벌거숭이 남자를 어쩌면 좋담? 내 옷을 벗어 줄 수도 없고. 이대로 가 버리자!'

구둣방 주인은 걸음을 재촉했습니다. 그러나 교회 앞을 지나치자 양심의 가책을 받기 시작했습니다.

그는 길 한가운데 멈춰 서서 자신에게 말했습니다.

"대체 무얼 하는 거야, 너는? 사람이 불행한 일을 당해서 죽어 가는데 겁이 나서 그냥 가 버리려 하다니. 네가 큰 부자라도 된단 말이냐? 재산을 빼앗길까 봐 겁이 나는 거야? 그건 좋지 않아, 쎄몬!"

쎄몬은 발걸음을 되돌려 그 남자 곁으로 갔습니다.


2

쎄몬은 그 남자 곁으로 다가가 자세히 살펴보았습니다. 젊고 튼튼하며 얻어맞은 흔적은 보이지 않았습니다. 다만 추위

에 몸이 얼어붙어 있는 데다 몹시 놀란 모습을 하고 있었습니다. 그는 벽에 기대앉아 눈을 뜰 힘도 없는 듯 쎄묜을 쳐다보지도 않았습니다. 그러나 쎄묜이 가까이 다가가자 남자는 갑자기 정신이 드는지 고개를 돌려서 눈을 뜨고 쎄묜을 쳐다보았습니다. 그 눈매를 보자 쎄묜은 남자가 마음에 들었습니다. 쎄묜은 펠트 장화를 땅바닥에 내동댕이치고 허리끈을 풀어 그 위에 놓은 다음 까프딴을 벗었습니다.

"자, 이야기는 나중에 하고 어서 옷을 입어요!"
하며 쎄묜은 남자의 팔꿈치를 잡고 부축하여 일으키려 했습니다.

남자가 일어섰습니다. 날씬하고 깨끗한 몸매에, 손발도 곱고 얼굴도 귀엽게 생겼습니다. 쎄묜은 그에게 까프딴을 걸쳐 주었으나 그는 소매에 팔을 넣지 못했습니다. 쎄묜은 두 팔을 끼워 주고 옷자락을 잡아당겨 앞을 여민 다음 허리끈을 매어 주었습니다.

쎄묜은 해진 모자를 벗어 그에게 씌워 주려고 했습니다. 그러나 자기 머리도 추워 이렇게 생각했습니다.

'나는 대머리지만 이 남자는 고수머리가 길게 자라 있잖아.'
그는 다시 모자를 썼습니다.

'그보다 장화를 신겨 주는 편이 낫겠다.'
쎄묜은 남자를 앉히고 펠트 장화를 신겨 주었습니다.

이렇게 남자에게 옷을 입히고 신발을 신긴 뒤 쎄믄이 말했습니다.

"이제 됐네, 형제. 자, 몸을 좀 움직여 녹이도록 하게. 다른 일은 우리가 아니더라도 해결될 거야. 그런데 걸을 수 있겠나?"

남자는 일어서서 감동한 얼굴로 쎄믄을 바라보았으나 말은 한마디도 입 밖에 내지 않았습니다.

"왜 가만있지? 여기서 겨울을 날 수는 없잖은가? 집으로 가야지. 자, 여기 내 지팡이가 있으니 기운이 없으면 이걸 짚게. 자, 걸어 봐!"

남자는 걷기 시작했습니다. 뒤지지 않고 성큼성큼 잘 걸었습니다. 같이 길을 걸으며 쎄믄이 물었습니다.

"자네는 대체 어디서 왔나?"

"저는 이 고장 사람이 아닙니다."

"이 고장 사람이면 내가 다 알고 있지. 그런데 어떻게 여기 교회 근처까지 오게 되었나?"

"말할 수 없습니다."

"틀림없이 사람들이 심하게 대했지?"

"아닙니다. 누구도 저를 심하게 대하지 않았습니다. 저는 하느님의 벌을 받았습니다."

"그야 모든 것이 하느님의 뜻이지. 하지만 어디 가서 좀 쉬어야지. 자네 어디로 갈 건가?"

"아무 데라도 좋습니다."

쎄묜은 놀랐습니다. 나쁜 사람 같지도 않고 말씨도 온순한데 자신에 대한 이야기는 하려고 하지 않았습니다. 쎄묜은 생각했습니다.

'세상에는 별일이 다 있지.'

그리고 남자에게 말했습니다.

"어때, 우리 집으로 가세. 몸을 좀 녹일 수 있을 테니까."

쎄묜은 집으로 향했습니다. 나그네도 뒤지지 않고 나란히 걸었습니다. 바람이 불어와 쎄묜의 셔츠 밑으로 스며들었습니다. 술이 깨면서 조금씩 추워졌습니다. 그는 이따금 코를 킁킁거리며 마누라의 재킷을 여미고 걸으면서 생각했습니다.

'이게 어떻게 된 일인가. 모피 코트를 사러 가서 까프딴을 없애고 이 벌거숭이 남자까지 달고 가게 됐으니, 마뜨료나에게 잔소리깨나 듣겠는걸!'

마뜨료나 생각을 하니 쎄묜은 기분이 울적해졌습니다. 그러나 옆에 있는 남자를 보며 그가 교회 뒤에서 자기를 바라보던 눈빛을 생각하자 기쁨으로 가슴이 뛰기 시작했습니다.


3

쎄묜의 아내는 집 안을 일찍 치웠습니다. 장작을 패고 물을 긷고 아이들에게 저녁을 먹인 뒤, 자기도 밥을 먹으면서 생각

16

했습니다.

'빵은 언제 구울까? 오늘 할까, 내일 할까?'

아직 빵은 큰 덩어리 하나가 남아 있었습니다.

'쎄묜이 거기서 점심을 먹고 온다면 저녁은 많이 먹지 않겠지. 그렇다면 내일 빵은 이것으로 충분할 거야.'

마뜨료나는 빵 조각을 이리저리 돌려 보며 또 생각했습니다.

'오늘은 빵을 굽지 말아야지. 밀가루도 얼마 남지 않았으니. 이걸로 금요일까지 버텨 보자.'

마뜨료나는 빵을 치우고 식탁에 앉아 남편의 해진 셔츠를 깁기 시작했습니다. 옷을 기우면서 마뜨료나는 코트를 지을 양가죽을 사 올 남편을 생각했습니다.

'양가죽 장수에게 속지 말아야 할 텐데. 사람이 너무 어수룩해서 말야. 그이는 누굴 속이지 못하지만 어린아이한테도 속아 넘어가는 사람이니까. 8루블이면 적지 않은 돈이지. 좋은 가죽을 살 수 있을 거야. 좋은 것은 아니더라도 어떻든 양가죽을 살 수는 있을 거야. 지난 겨울엔 모피 코트가 없어서 얼마나 고생했는지 몰라! 강에는 물론이고 아무 데도 나갈 수 없었지. 지금도 그렇지, 남편이 옷이란 옷은 다 입고 나가 버려 나는 걸칠 옷이 하나도 없잖아. 일찍 떠난 건 아니지만 이제 올 때도 됐는데. 이 양반이 술이라도 마셔 버린 게 아닐까?'

마뜨료나가 막 이런 생각을 하는 순간, 현관 계단이 삐걱거리며 어떤 사람이 들어왔습니다. 마뜨료나는 바늘을 꽂고 나서 입구 쪽으로 나갔습니다.

두 사람이 집 안으로 들어오는 것이었습니다. 쎄묜이 모자도 쓰지 않고 펠트 장화를 신은 웬 남자와 함께. 마뜨료나는 남편의 입에서 얼른 술 냄새를 맡았습니다.

'역시 마시고 왔구나.'

까프딴도 입지 않고 재킷 하나만 걸친 남편이 손에 아무것도 들지 않고 말없이 움츠리고 서 있는 것을 보자 마뜨료나의 가슴은 찢어질 것만 같았습니다.

'다 털어 마신 모양이구나. 얼굴도 모르는 이 남자와 어울려 퍼마시고 그것도 부족해서 집에까지 데려왔구나.'

마뜨료나는 두 사람을 집 안으로 들이고 자기도 뒤따라가다가 그 낯선 삐삐 마른 젊은이가 입고 있는 까프딴이 자기네 것임을 알았습니다. 까프딴 밑으로 셔츠도 보이지 않았고 모자도 쓰고 있지 않았습니다. 집 안으로 들어선 젊은이는 그 자리에 가만히 선 채 눈도 쳐들지 않았습니다. 그래서 마뜨료나는 이 남자가 무슨 잘못을 저질러 겁을 먹고 있다고 생각했습니다. 마뜨료나는 얼굴을 찡그리고 난로 쪽으로 가 그들의 거동을 지켜보았습니다.

쎄묜은 모자를 벗고 태연히 걸상에 앉았습니다.

"여보, 마뜨료나, 어서 저녁 준비를 해야지."

그러나 마뜨료나는 입속으로 무슨 말을 중얼거리며 난롯가에 선 채 꼼짝하지 않고 두 사람을 번갈아 보며 머리를 흔들 뿐이었습니다. 쎄묜은 마누라의 기분이 좋지 않다는 것을 알면서도 어쩔 수 없다는 듯 나그네의 손을 잡았습니다.

"앉게나, 형제. 저녁을 먹어야지."

나그네는 걸상에 앉았습니다.

"아무것도 만들지 않았소?"

마뜨료나는 화가 치밀어 올랐습니다.

"만들긴 했지만 당신을 위해 만든 건 아니네요. 당신은 이제 염치마저 마셔 버린 모양이구려. 코트를 사러 간 사람이 까프딴까지 없애고, 그것도 모자라 벌거숭이 건달까지 데려오다니. 우리 집엔 당신들 같은 주정뱅이에게 줄 저녁은 없어요."

"그만 해요, 마뜨료나. 까닭도 모르고 함부로 말하면 못써요. 먼저 이 사람이 어떤 분인지 물어봐야지."

"돈은 어디 있어요? 어서 말해 봐요."

쎄묜은 까프딴 주머니에 손을 넣어 돈을 꺼내 펼쳐 보이며 말했습니다.

"돈은 여기 있어. 뜨리뽀노프한테서는 돈을 못 받았어. 내일 주겠대."

마뜨료나는 한층 더 화가 났습니다. 코트도 사지 않고 하나밖에 없는 까프딴을 어떤 벌거숭이에게 입혀 집으로 데려오다니. 마뜨료나는 식탁 위의 돈을 집어 숨기며 말했습니다.

"저녁은 없어요. 벌거숭이 주정뱅이에게 어떻게 다 밥을
줘요."

"말 좀 조심해요, 마뜨료나. 먼저 이야기를 들어 보고 말해
야지……"

"멍청한 주정뱅이한테서 무슨 말을 들어요. 전에 당신 같은
주정뱅이에게 시집을 오려 하지 않은 것도 다 이유가 있었다
고요. 어머니가 주신 옷감도 당신이 술값으로 다 마셔 버렸
죠. 그리고 이번엔 코트를 사러 가서 그 돈으로 술을 마셔 버
렸고."

쎄묜은 자기가 마신 술값이 20까뼤이까밖에 되지 않으며,
이 젊은이를 발견하게 된 사정을 말하려고 했으나 마뜨료나가
말을 못하게 만들었습니다. 어디서 나오는지 마뜨료나는 한꺼
번에 두 마디씩 지껄여 대는 것이었습니다. 심지어는 10년 전
의 일까지 낱낱이 들추어내는 것이었습니다.

한참 이야기하고 나서 마뜨료나는 쎄묜에게 덤벼들어 그의
옷소매를 붙잡았습니다.

"내 재킷 이리 줘요. 한 벌밖에 없는 내 옷을 뺏어 입고 가다
니. 이리 내요, 이 곰보딱지 영감쟁이야. 차라리 깡패한테나 맞
아 죽지!"

쎄묜은 재킷을 벗기 시작했습니다. 그러다가 소매가 뒤집혔

습니다. 그때 마누라가 그것을 잡아당기는 바람에 솔기가 터지고 말았습니다. 마뜨료나는 재킷을 빼앗아 머리에 뒤집어쓰고 문 쪽으로 달려갔습니다. 그리고 밖으로 나가려다가 그 자리에 우뚝 섰습니다. 화가 치밀었지만 악한 마음이 사라지면서 이 남자가 누군지 알고 싶어진 것입니다.

### 4

마뜨료나는 걸음을 멈추고 말했습니다.

"착한 사람이라면 벌거숭이로 있을 리가 있어요? 그런데 이 사람은 셔츠도 안 입고 있잖아요. 또 당신이 좋은 일을 했다면 어디서 이런 멋쟁이를 데려왔는지 말했어야 될 게 아녜요?"

"그렇지 않아도 벌써부터 이야기하려던 참이오. 집으로 오는데 이 사람이 교회 옆에 앉아 있더군, 거의 얼어붙은 채 말이야. 여름도 아닌데 벌거벗은 몸으로. 하느님이 나를 이 사람에게 이끄신 거야. 안 그랬으면 이 사람은 죽었을 거야. 자, 이럴 때 어떻게 해야겠소? 우리도 살아가다 보면 무슨 일을 당할지 누가 알겠소! 그래서 옷을 입혀 데려왔지. 자, 당신도 마음을 좀 가라앉혀요. 그렇게 하면 죄악이야, 마뜨료나. 우리도 언젠가는 죽을 게 아니오."

마뜨료나는 욕을 해주고 싶었으나 나그네를 보고 입을 다물었습니다. 나그네는 걸상 끝에 앉은 채 꼼짝도 하지 않았습니다. 두 손을 무릎 위에 올려놓고 머리를 숙인 채 답답한 듯 줄곧 눈을 감고 얼굴을 찡그리고 있었습니다. 마뜨료나는 아무 말이 없었습니다. 쎄묜은 말을 이었습니다.

"마뜨료나, 당신 마음속엔 하느님도 없소?"

마뜨료나는 이 말을 듣고 다시 한 번 나그네를 바라보았습니다. 그러자 갑자기 마음이 누그러졌습니다. 그녀는 문 곁을 떠나 난로가 놓인 구석으로 가서 저녁 준비를 했습니다. 컵을 식탁 위에 놓고 끄바스(보리와 호밀을 발효시켜 만든 가벼운 알코올 음료−옮긴이)를 따르고, 마지막 빵을 내놓았습니다. 그리고 칼과 숟가락을 놓으면서 말했습니다.

"어서 들어요."

쎄묜은 나그네를 식탁으로 데려갔습니다.

"좀더 당겨 앉아요, 젊은이."

쎄묜은 빵을 잘라 잘게 뜯은 후 나그네와 둘이서 저녁을 먹기 시작했습니다.

마뜨료나는 식탁 모서리에 앉아 한 손으로 턱을 괴고 낯선 나그네를 바라보았습니다. 그러자 그 나그네가 불쌍한 생각이 들었습니다. 그리고 좋아지기까지 하였습니다. 그러자 나그네는 갑자기 명랑해지며 찡그렸던 얼굴을 펴고 마뜨료나 쪽으로 눈을 돌려 빙그레 웃었습니다.

식사가 끝나자 마뜨료나는 식탁을 치운 다음 나그네에게 물었습니다.

"젊은이는 어디서 왔어요?"

"저는 이 고장 사람이 아닙니다."

"왜 길바닥에 쓰러져 있었나요?"

"그건 말씀드릴 수 없습니다."

"강도라도 만났나요?"

"하느님의 벌을 받았습니다."

"그래서 벌거벗은 채 누워 있었어요?"

"예, 알몸으로 누워 있다가 얼어 죽을 뻔했지요. 그걸 쎄몬이 발견하고 불쌍히 여겨 입고 있던 까프딴을 벗어 저에게 입혀 준 다음 여기까지 데려온 것입니다. 여기에 오니까 아주머니께서 또 저를 불쌍히 생각하여 먹고 마실 것을 주셨습니다. 하느님은 두 분에게 도움을 주실 것입니다!"

마뜨료나는 일어나서 좀 전에 기운 쎄몬의 셔츠를 창가에서 집어 젊은이에게 주었습니다. 그리고 또 바지도 찾아 주었습니다.

"이제 보니 셔츠도 없잖아. 이걸 입고 아무 데서나 자도록 해요. 침대 위든 난롯가든."

젊은 나그네는 까프딴을 벗고 셔츠와 바지를 입은 다음 침대 위에 누웠습니다.

마뜨료나는 등불을 끈 뒤 까프딴을 가지고 남편 곁으로 갔습니다. 그리고 까프딴 자락을 덮고 누웠으나 잠이 오지 않았습니다. 젊은이에 대한 생각이 머릿속에서 떠나지 않은 것입니다. 그가 마지막 빵을 다 먹어 치워 버렸으므로 내일 먹을 빵이 없으며, 셔츠와 바지를 주어 버린 일을 생각하자 기분이 언짢았습니다. 그러다 그가 빙그레 웃던 일을 생각하자 마음속이 밝아지는 것이었습니다.

마뜨료나는 오랫동안 잠을 이루지 못했습니다. 쎄묜도 잠을 이루지 못하는지 까프딴 자락을 잡아당기는 소리가 들려오곤 하였습니다.

"쎄묜!"

"응?"

"빵을 다 먹어 버렸는데 구워 놓지 않았으니 내일은 어떡하면 좋을지 모르겠어요. 말라냐 대모에게 가서 좀 꾸어야겠어요."

"산 입에 거미줄이야 치겠소?"

마뜨료나는 한동안 가만히 누워 있었습니다.

"저 젊은이는 좋은 사람인 것 같은데 왜 자기 자신에 대해 말을 하지 않는지 모르겠어요."

"분명히 말 못할 사정이 있겠지."

"쎄묜!"

"응?"

"우리는 남에게 주는데, 남들은 왜 우리에게 안 주는 거죠?"

쎄묜은 뭐라고 대답해야 좋을지 몰라,

"다음에 이야기하지."

하고 돌아누워 잠들어 버렸습니다.


5

이튿날 아침 쎄묜은 잠이 깨었습니다. 아이들은 아직 자고 있었고, 아내는 이웃집에 빵을 빌리러 갔습니다. 어제 온 나그네는 헌 바지와 셔츠를 입고 걸상에 앉아 천장을 쳐다보고 있었습니다. 그 표정은 어제보다 밝아 보였습니다.

쎄묜이 말했습니다.

"어떤가, 젊은이. 배에서는 빵을 달라고 하고 벌거벗은 몸은 옷을 달라고 하니 밥벌이를 해야 할 게 아닌가. 자넨 무슨 일을 할 줄 아나?"

"아무 일도 할 줄 모릅니다."

쎄묜은 놀랐으나 곧 이렇게 말했습니다.

"마음만 먹으면 되지. 사람은 무슨 일이나 배울 수 있어."

"모두 일을 하니 저도 일을 하겠습니다."

"자네 이름은 무언가?"

"미하일입니다."

"미하일, 자네는 자신에 대해 이야기를 하려고 하지 않는데,

그건 아무래도 좋지만 밥벌이는 해야겠어. 내가 시키는 일을 하면 밥을 먹여 주겠네.”

“고맙습니다. 일을 배우겠습니다. 제가 할 일을 가르쳐 주십시오.”

쎄묜은 실을 들어 손가락에 감고 매듭을 지었습니다.

“어려울 건 없어. 자, 보게……”

미하일은 가만히 들여다보더니 얼른 배워 손가락에 실을 감아 매듭을 지었습니다.

이번에는 쎄묜이 실 삶는 법을 가르쳐 주었습니다. 미하일은 그것도 곧 배웠습니다. 다음에는 가죽 다루는 법과 깁는 법을 가르쳐 주었습니다. 미하일은 그것도 얼른 배웠습니다.

쎄묜이 무슨 일을 가르치든 미하일은 얼른 배웠습니다. 그리하여 사흘째부터는 오랫동안 구두를 만들어 온 사람처럼 일을 하기 시작했습니다. 그는 열심히 일만 하고 밥은 조금밖에 먹지 않았습니다. 쉴 때에는 잠자코 천장만 쳐다보았습니다. 밖에 나가는 일도 없었고 쓸데없는 말을 하지도 않았으며, 농담도 안 하고 웃는 법도 없었습니다.

미하일이 웃는 모습을 본 것은 그가 처음 오던 날 마뜨료나가 밥상을 차려 주었을 때뿐이었습니다.

6

하루가 가고, 일 주일이 가고, 한 해가 지나갔습니다. 미하일은 여전히 쎄몬의 집에서 일하고 있었습니다. 미하일에 대한 소문은 사방에 퍼졌습니다. 쎄몬의 집에서 일하는 미하일만큼 멋지고 튼튼하게 구두를 짓는 사람은 없다는 것이었습니다. 그리하여 이웃 마을에서까지 구두를 맞추려고 사람들이 몰려와 쎄몬의 수입은 점점 늘어나게 되었습니다.

어느 겨울날이었습니다. 쎄몬과 미하일이 같이 앉아 일을 하는데 말 세 필이 끄는 마차가 방울을 울리며 가게 쪽으로 달려오고 있었습니다. 창문으로 내다보니 마차는 집 앞에서 멈추었습니다. 마차가 멈추자 젊은 사람이 마부석에서 펄쩍 뛰어내려 문을 열었습니다. 모피 코트를 입은 신사가 마차에서 나왔습니다. 마차에서 내린 신사는 쎄몬의 집을 향해 계단을 올라왔습니다. 마뜨료나가 달려 나가 문을 활짝 열었습니다. 신사는 몸을 굽히고 집 안으로 들어섰습니다. 구부린 몸을 펴자 머리는 거의 천장에 닿을 정도였고, 몸은 방 안을 가득 채울 것만 같았습니다.

쎄몬은 일어나서 인사를 하며 신사를 보고 놀랐습니다. 그는 지금까지 이런 사람을 본 적이 없었습니다. 쎄몬 자신과 미하일도 마른 편이고 마뜨료나는 명태처럼 바싹 여위었는데 이 신사는 다른 나라에서 온 사람 같았습니다. 얼굴이 벌겋고 기

름이 흘렀으며 목은 황소만하였고 온몸은 무쇠로 되어 있는
것만 같았습니다.

신사는 후유 하고 코트를 벗고 걸상에 앉으며 말했습니다.

"구둣방 주인이 누구지?"

쎄묜이 나서며 말했습니다.

"제가 주인이옵니다, 나리."

신사는 자기가 데려온 젊은이를 향해 소리쳐 불렀습니다.

"이봐, 페지까. 물건을 이리 가져와."

젊은이는 작은 보자기를 가지고 달려왔습니다. 신사는 보자
기를 받아 책상 위에 놓으면서 말했습니다.

"끌러."

그러자 젊은이가 보자기를 끌렀습니다.

신사는 손가락으로 가죽을 찌르며 쎄묜에게 말했습니다.

"이봐, 이 가죽 보이지?"

"예, 나리."

"이게 무슨 가죽인지 알겠어?"

쎄묜은 가죽을 만져 보고 나서 말했습니다.

"좋은 가죽이옵니다."

"그야 물론 좋은 가죽이지! 너 같은 바보는 아직 이런 가죽
을 못 보았을 거다. 이건 독일젠데, 20루블이나 줬어."

쎄묜은 겁을 집어먹고 말했습니다.

"우리 같은 사람이 어디서 그런 걸 구경하겠습니까?"

"그렇겠지. 한데 자네, 이걸로 내 발에 맞는 장화를 만들 수 있겠나?"

"그러믄요, 나리."

신사는 쎄묜에게 큰 소리로 말했습니다.

"만들 수 있다고 했겠다. 하지만 알아 둬. 네가 누구의 장화를 어떤 가죽으로 만드는지. 나는 1년을 신어도 모양이 변치 않고 솔기가 터지지 않는 장화를 원해. 할 수 있으면 가죽을 자르고, 할 수 없으면 그만두고 자르지 마. 미리 말해 두는데, 1년 안에 장화 모양이 변하거나 솔기가 터지면 너를 감옥에 처 넣을 거야. 그 대신 1년이 되어도 모양이 변하지 않고 실밥이 터지지 않으면 만든 값으로 10루블을 주지."

쎄묜은 겁이 나서 어떻게 대답해야 좋을지 몰랐습니다. 그는 미하일을 돌아보았습니다. 그리고 팔꿈치로 쿡 찌르며 귀엣말로 물었습니다.

"맡을까?"

미하일은 맡으라고 머리를 끄덕였습니다. 쎄묜은 미하일의 말을 듣고 1년 안에 모양이 변하지도 실밥이 터지지도 않는 장화를 주문 받기로 하였습니다.

신사는 젊은이를 불러 왼쪽 신발을 벗기라고 하며 발을 내밀었습니다.

"발을 재게!"

쎄몬은 10베르쇼끄(1베르쇼끄는 4.445센티미터—옮긴이) 정도 길이의 종이를 잘라 붙여 바닥에 깔았습니다. 그리고 두 무릎을 꿇고 신사의 양말에 때를 묻히지 않으려고 앞치마에 손을 잘 닦은 다음 치수를 재기 시작했습니다. 발바닥을 재고, 발등 높이를 재었습니다. 그리고 종아리를 재려는데 종이 양끝이 닿지 않았습니다. 신사의 장딴지가 통나무처럼 굵은 것입니다.

"이봐, 장딴지를 좁게 해서는 안 돼."

쎄몬은 다시 종이를 덧붙였습니다. 신사는 가만히 앉아 양말 속의 발가락을 꼬물거리며 집 안에 있는 사람들을 둘러보았습니다. 그러다가 미하일을 발견하고 물었습니다.

"저 친구는 누구야?"

"우리 집 직공인데, 그가 나리의 구두를 만들 것입니다."

"이봐, 자네도 잘 기억해 둬. 1년은 끄떡없도록 만들어야 해."

하고 신사는 미하일에게 말했습니다.

쎄몬도 미하일을 돌아보았습니다. 그러나 미하일은 신사를 보지 않고 그의 뒤쪽 구석을 뚫어지게 바라보고 있었습니다. 마치 누군가를 꿰뚫어 보려는 것 같았습니다. 그러다가 미하일이 갑자기 웃으며 환하게 밝아졌습니다.

"바보 자식, 왜 웃어? 기한 내에 만들도록 정신 바짝 차리는 게 좋을 거야."

그러자 미하일이 말했습니다.

"필요하실 때까지 꼭 만들어 놓겠습니다."

"좋아."

신사는 장화를 신고 모피 코트를 입고 문 쪽으로 갔습니다. 그러나 깜박 잊고 허리를 굽히지 않아 문 위에 이마를 부딪혔습니다. 신사는 욕을 퍼붓고 이마를 문지르며 마차를 타고 떠나 버렸습니다.

신사가 떠나자 쎄묜이 말했습니다.

"정말 대단한 사람이군. 몽둥이로 후려쳐도 안 죽겠어. 이마를 그렇게 부딪혔는데도 별로 아프지 않은가 봐."

그러자 마뜨료나가 말했습니다.

"저런 생활을 하는데 어찌 살이 찌지 않겠수? 저승사자도 저렇게 튼튼한 사람은 못 잡아갈 거예요."


7

쎄묜은 미하일에게 말했습니다.

"일을 맡기는 했지만 우리에게 불행한 일은 없어야겠는데. 가죽은 비싼데 나리 성질은 불같으니까 말야. 실수를 하지 말아야 할 텐데. 자네는 나보다 눈도 밝고 솜씨도 좋으니까 발잰 것을 자네에게 맡기겠네. 가죽을 재단하도록 하게. 나는 겉가죽을 꿰매도록 하지."

미하일은 쎄묜의 말대로 신사의 가죽을 받아 들고 탁자 위에 펼쳐 두 겹으로 포갠 다음 칼을 들고 자르기 시작하였습니다.

마뜨료나는 미하일의 곁으로 가서 그가 재단하는 것을 보다가 무슨 일을 저렇게 하나 하고 깜짝 놀랐습니다. 마뜨료나는 장화 만드는 일을 많이 보아 익숙한데, 미하일은 장화 모양과는 달리 가죽을 둥글게 자르고 있었던 것입니다. 마뜨료나는 한마디 하려다가 속으로 생각했습니다.

'아마 내가 나리의 장화를 어떻게 짓는지 잘못 알아들었는지도 몰라. 나보다 미하일이 더 잘 알고 있을 테니 참견 말아야지.'

미하일은 가죽을 자르고 실로 꿰매기 시작했습니다. 그러나 장화를 만들 때처럼 양쪽 끝을 꿰매는 것이 아니라 슬리퍼를 만들 때처럼 한쪽 끝만을 꿰매고 있었습니다.

마뜨료나는 그것을 보고 또 깜짝 놀랐지만 역시 참견하지 않았습니다. 미하일은 열심히 깁고 있었습니다.

점심 때가 되어 쎄묜이 자리에서 일어나다 보니 미하일이 신사의 가죽으로 슬리퍼를 한 켤레 꿰매고 있었습니다.

쎄묜은 한숨을 내쉬었습니다.

'이게 어떻게 된 일인가? 미하일은 1년이나 우리 집에 같이 살면서 한 번도 실수를 해 본 적이 없는데 하필이면 지금 이런 실수를 하다니. 나리는 굽이 달린 장화를 주문했는데 평평한 슬리퍼를 만들어 놓았으니 가죽을 버리지 않았나. 이걸 나리에게 어떻게 물어 주지? 이런 가죽은 구할 수도 없는데.'

그래서 그는 미하일에게 말했습니다.

"자네, 이게 무슨 짓인가? 내 목을 자르려고 그래? 나리는 장화를 주문했는데 자네는 무엇을 만들어 놓았는가?"

이렇게 쎄묜이 미하일에게 막 이야기를 꺼내는데, 계단에서 쿵쿵 소리가 나더니 누군가 문을 두드렸습니다. 창문으로 내다보니 누군가가 타고 온 말을 붙들어 매고 있었습니다. 문을 열고 들어오는 사람은 바로 그 나리의 하인이었습니다.

"안녕하십니까?"

"안녕하시오. 그런데 무슨 일로 왔나요?"

"그 장화 때문에 주인마님의 심부름을 왔습니다."

"뭐요, 장화 때문에요?"

"장환지 뭔지, 어쨌든 장화는 이제 필요 없게 되었어요. 나리는 돌아가셨으니까요."

"아니, 뭐라고요!"

"집으로 돌아가시던 길에 마차에서 돌아가셨어요. 마차가 집에 도착하여 내리시는 걸 부축하려고 가 보니 나리는 가마니처럼 나뒹굴고 계셨어요. 벌써 세상을 떠나 송장이 되어 누워 계셨던 거예요. 간신히 마차에서 끌어내렸죠. 그래서 마님께서 저를 여기로 보내며 이렇게 말씀하셨어요. '구둣방 주인에게 가서 전해라. 아까 나리께서 주문하신 장화는 필요 없게 되었으니 대신 죽은 사람이 신는 슬리퍼를 빨리 만들어 달라고 말야. 남는 가죽은 보내 달라고 하고. 그리고 만드는 동안 기다렸다가 가지고 와라.'고요. 그래서 이렇게 왔지요."

미하일은 남은 가죽을 둘둘 말았습니다. 그리고 다 만든 슬리퍼를 들고 탁탁 치더니 앞치마에 문지른 다음 하인에게 내주었습니다. 젊은 하인은 슬리퍼를 받아 들고 인사했습니다.

"안녕히 계십시오, 여러분! 행운을 빕니다!"


8

다시 1년이 지나고 2년이 지나, 미하일이 쎄묜의 집에 온 지도 벌써 6년이 되었습니다. 그는 전과 다름없는 생활을 하고 있었습니다. 아무 데도 나가지 않았고 쓸데없는 말도 하지 않았으며, 그동안 두 번밖에 웃는 모습을 볼 수 없었습니다. 한번은 이 집에 처음 오던 날 마뜨료나가 저녁 밥상을 준비할 때였고, 또 한번은 죽은 신사가 구두를 맞추러 온 것을 보았을 때였습니다.

쎄묜은 미하일을 아주 좋아하게 되었습니다. 그래서 이제는 그가 어디서 왔는지 더는 물어보지 않았고 다만 어디로 가 버리지나 않을까 그것만이 걱정이었습니다.

어느 날 온 가족이 집에 모여 있었습니다. 마뜨료나는 난로에 냄비를 올려놓고 있었고, 아이들은 걸상 위로 뛰어다니기도 하고 창밖을 내다보기도 하였습니다. 쎄몬은 창가에 앉아 구두를 깁고 있었고, 미하일은 다른 창가에서 굽을 붙이고 있었습니다.

그때 쎄몬의 아들이 걸상을 타고 미하일 곁으로 와서 그의 어깨를 짚고 창밖을 내다보며 말했습니다.

"미하일 아저씨, 저것 좀 봐요. 가겟집에서 일하는 아주머니가 딸들을 데리고 우리 집으로 오고 있어요. 한 아이는 절름발이예요."

아이가 그렇게 말하자마자 미하일은 일손을 멈추고 문 쪽으로 고개를 돌려 밖을 내다보았습니다.

쎄몬은 놀랐습니다. 지금까지 미하일은 창밖을 내다본 일이 한 번도 없었는데 지금은 창문에 얼굴을 갖다 대고 무엇인가를 열심히 바라보고 있었기 때문입니다. 그래서 쎄몬도 창밖을 내다보았습니다. 한 여자가 집 쪽으로 오고 있었습니다. 옷을 말쑥하게 차려입은 여인은 모피 코트에 숄을 두른 두 여자아이의 손을 잡고 있었습니다. 아이들은 얼굴이 똑같아 누가 누군지 분간할 수가 없었습니다. 한 아이가 왼쪽 다리를 저는 것만이 달랐습니다.

여자는 바깥 계단을 올라와 현관으로 와서 문을 더듬더니 손잡이를 잡아당겼습니다. 문이 열렸습니다. 그러자 여자는 아이들을 먼저 들여보낸 뒤, 자기도 뒤따라 들어왔습니다.

"안녕하세요, 여러분!"

"어서 오세요. 무슨 일로 오셨는지요?"

여자는 탁자 쪽으로 가서 앉았습니다. 두 여자아이는 낯선 듯 여자의 무릎에 기대었습니다.

"이 아이들이 봄에 신을 구두를 맞추려고요."

"만들어 드리죠. 이렇게 작은 구두는 만들어 보지 않았지만 할 수 있습니다. 대다리를 달까요, 안에 천을 대어 만들까요? 우리 집 미하일은 솜씨가 보통이 아닙니다."

쎄몬은 미하일을 돌아보았습니다. 그런데 미하일은 하던 일을 멈추고 가만히 앉아 아이들에게서 눈을 뗄 줄 몰랐습니다. 쎄몬은 그런 미하일의 모습을 보고 놀랐습니다. 실은 그도 두 여자아이가 귀엽다고 생각하고 있었습니다. 까만 눈동자에 뺨은 통통하고 살구빛이었습니다. 그리고 그 아이들이 입고 있는 모피 코트도 숄도 멋진 것이었지만 그렇다고 저렇게 뚫어지게 바라보는 것은 이해할 수 없었습니다. 마치 두 아이를 아는 것만 같았습니다.

쎄몬은 이상하다고 생각하면서도 여자와 흥정을 하기 시작했습니다. 값을 정하고 발을 재야 할 차례였습니다. 여자는 절름발이 아이를 무릎 위에 앉히며 말했습니다.

"이 아이 발로 둘의 것을 재면 돼요. 아픈 발은 한 짝만 짓고, 성한 발은 세 짝을 지어 주세요. 두 아이는 발이 똑같거든요. 쌍둥이예요."

쎄묜은 치수를 재고 절름발이 아이를 가리키며 말했습니다.

"이 아이는 어쩌다가 이렇게 됐나요? 참 귀엽게 생겼는데. 나면서부터 발을 저나요?"

"아니에요. 어머니에게 눌려서 이렇게 됐어요."

그때 마뜨료나가 끼어들었습니다. 여자는 누구며 쌍둥이는 누구의 아이들인지 알아보고 싶었던 것입니다. 그래서 이렇게 물어보았습니다.

"그럼 부인은 이 애들의 엄마가 아닌가요?"

"나는 애들의 친어머니도 아니고 친척도 아니에요. 생판 남인데 애들을 양딸로 삼았어요."

"자기가 낳은 아이도 아닌데 정말 귀여워하시네요?"

"그럴 수밖에 없지요. 내 젖으로 키웠으니까요. 나도 자식이 있었는데 하느님이 데려가셨어요. 그 아이는 가엾은 생각이 들지 않는데 애들은 정말 가엾어요."

"애들은 대체 뉘 집 애들인데요?"


9

여자는 이야기를 시작했습니다.


38

"6년 전의 일입니다. 이 애들은 태어난 지 일 주일 사이에 고아가 되어 버렸습니다. 아버지는 화요일에, 어머니는 금요일에 세상을 떠났습니다. 아버지는 이 아이들이 태어나기 사흘 전에 죽었고, 어머니는 하루도 못 살았어요. 그때 나는 남편과 같이 농사를 지으며 살고 있었습니다. 애들의 부모는 옆집에 살던 이웃이었습니다. 애들의 아버지는 외로운 농사꾼이었는데, 어느 날 숲에서 일하다가 나무가 쓰러지면서 그를 덮쳐 밑에 깔리고 말았습니다. 집으로 옮기긴 했지만 곧 세상을 떠나버렸습니다. 바로 그 주에 그의 아내는 쌍둥이를 낳았습니다. 이 아이들이 바로 그 애들이었지요. 워낙 가난하고 외톨이인지라 여자에게는 도와줄 노파도 처녀도 없었습니다. 그야말로 혼자서 낳고 혼자서 죽어 간 것이지요.

이튿날 아침에 내가 그 집에 들러 보니 가엾게도 어머니는 숨이 끊어져 있었습니다. 게다가 어머니는 죽으면서 아이 위로 쓰러졌습니다. 그래서 어머니에 눌려 한 다리를 못 쓰게 된 것입니다. 마을 사람들이 모여 죽은 사람을 깨끗이 씻겨 옷을 입히고 관을 만들어 장사를 지내 주었습니다. 모두 착한 사람들이었지요.

이제 두 갓난애만 남게 되었습니다. 그런데 어디로 보낼 데가 있어야지요. 마을 여자들 중에 젖먹이가 있는 것은 나 혼자 뿐이었습니다. 그때 나는 낳은 지 8주밖에 안 된 첫아들에게 젖을 먹이고 있었지요. 그래서 내가 임시로 이 아이들을 맡게되었습니다. 마을 사람들이 모여 이 아이들을 어떻게 하느냐는 문제를 놓고 여러 가지로 생각한 끝에 이렇게 말했습니다. '마리야, 당신이 얼마 동안 이 아이들을 맡아 주세요. 조금만 돌봐 주면 우리가 이 아이들 문제를 생각해 볼 테니까요.' 그러나 나는 성한 아이에게만 젖을 주고 다리를 저는 아이에게는 젖을 주지 않을 생각이었습니다. 이 아이는 도저히 살아날 가망이 없다고 생각했기 때문입니다. 하지만 천사 같은 어린 영혼이 죽어야 할 이유가 무엇이냐고 스스로 생각하게 되었습니다. 나는 아이가 불쌍한 생각이 들었습니다. 나는 이 아이에게도 젖을 먹이기 시작했습니다. 그래서 내 아이와 이 두 아이, 이렇게 세 아이에게 젖을 먹여 키운 것입니다! 그때만 해도 나는 젊고 힘이 센 데다 먹기도 잘했으니까요. 하느님 덕분에 젖은 철철 넘쳐흘렀습니다. 두 아이에게 한꺼번에 젖을 빨리고 있으면 한 아이는 기다렸지요. 그중 한 아이가 젖꼭지를 놓으면 기다리던 아이에게 젖을 주었답니다. 그런데 하느님의 뜻으로 두 아이는 잘 키웠으나 내 아이는 두 살 때 죽어 버렸습니다. 그리고 다시는 자식을 주지 않으셨습니다.

재산은 점점 불어났습니다. 지금은 이 마을 어느 상인의 방앗간에서 일하고 있습니다. 보수도 좋고 생활은 넉넉한 편입니다만 아이가 없답니다. 이 두 아이가 없다면 나 혼자 무슨 재미로 살아가겠어요! 그러니 어찌 애들을 사랑하지 않을 수 있겠어요. 애들은 내게 촛불과도 같아요."

여자는 한 손으로 절름발이 아이를 안고, 또 한 손으로는 뺨에서 눈물을 훔치기 시작했습니다.

마뜨료나는 한숨을 내쉬며 말했습니다.

"부모 없이는 살아가도 하느님 없이는 살아갈 수 없다는 속담이 정말인 것 같군요."

주인과 잠시 이야기를 주고받은 뒤, 여자는 가려고 일어났습니다. 쎄몬과 마뜨료나는 여자를 전송하며 미하일 쪽을 돌아보았습니다. 그는 무릎 위에 손을 얹고 앉아서 천장을 쳐다보며 빙그레 웃고 있었습니다.

10

쎄몬은 미하일 곁으로 가서 왜 그러느냐고 물었습니다. 미하일은 걸상에서 일어나 일감을 놓고 앞치마를 벗은 다음, 주인 내외에게 인사를 하며 말했습니다.

"용서하십시오, 주인 아저씨, 아주머니. 하느님께서 용서하셨으니 두 분께서도 용서해 주시기 바랍니다."

주인 내외는 미하일의 몸에서 빛이 나는 것을 보았습니다. 쎄몬은 일어나 미하일에게 머리를 숙이며 말했습니다.

"미하일, 나도 알고 있네. 자네가 보통 사람이 아니라는 것과 붙잡을 수도 없고 그 이유를 물어볼 수도 없다는 것을 말야. 하지만 하나만 대답해 주게. 내가 자네를 발견하여 집으로 데려왔을 때 자네는 우울한 얼굴을 하고 있다가 아내가 저녁 밥상을 차려 주자 빙그레 웃음을 지어 보이며 밝은 표정을 지었는데, 그 이유가 무엇인지 궁금하네. 그 후 나리가 장화를 주문했을 때 자네는 두 번째로 빙그레 웃으며 또 밝은 표정을 지었지. 그리고 지금 여자가 아이들을 데리고 왔을 때 자네는 세 번째로 빙그레 웃으면서 온몸에서 빛이 났었네. 말해 주게, 미하일. 어째서 자네 몸에서 빛이 나며, 왜 세 번밖에 웃지 않았는지."

미하일이 대답했습니다.

"제 몸에서 빛이 나는 것은 제가 하느님의 벌을 받았다가 이제 용서 받았기 때문입니다. 또 제가 세 번밖에 웃지 않은 것은 하느님의 세 가지 말씀을 깨달아야만 했기 때문입니다. 이제 나는 하느님의 그 세 가지 말씀을 깨닫게 되었습니다. 한 가지 말씀은 아주머니께서 나를 가엾게 생각하셨을 때 깨달았습니다. 그래서 처음으로 웃었습니다. 또 한 가지 말씀은 부자 나리께서 장화를 주문했을 때 깨닫게 되었습니다. 그래서 두 번째로 웃었습니다. 마지막 세 번째 말씀은 방금 두 여자아이를 보았을 때 깨닫게 되었습니다. 그래서 세 번째로 웃었습니다."

쎄몬이 다시 물었습니다.

"그런데 미하일, 자네는 무슨 죄로 하느님의 벌을 받았으며, 내가 지금 알고자 하는 그 세 가지 말씀이 무엇인지 말해 주게."

미하일이 대답했습니다.

"제가 벌을 받은 것은 하느님의 말씀을 따르지 않았기 때문입니다. 저는 하늘나라의 천사였는데 하느님의 말씀을 어겼습니다.

내가 하늘나라의 천사로 있을 때 하루는 하느님께서 어느 여자의 영혼을 빼앗아 오라고 분부하셨습니다. 그래서 세상에 내려와 보니 그 여자는 아파서 누워 있었습니다. 딸 쌍둥이를 낳은 것입니다. 갓난아기들은 엄마 곁에 꿈틀거리고 있었으나 엄마는 젖을 줄 힘이 없었습니다. 여자는 나를 보자 하느님께서 자기 영혼을 부르러 보내신 것을 알고 울면서 말했습니다. '천사님! 제 남편은 숲에서 나무에 깔려 죽어 이제 막 장례를 치렀습니다. 내게는 이 아이들을 키워 줄 고모도 이모도 할머니도 없습니다. 제발 이 애들이 클 때까지 내 손으로 키우도록 내 영혼을 가져가지 마십시오. 아이들은 부모 없이는 살 수 없습니다!'

이 말을 듣고 나는 한 아이에게 젖을 물려 주고, 한 아이는 어머니 팔에 안겨 준 뒤 하늘나라로 올라갔습니다. 그리고 하느님 곁으로 가서 말했습니다. '저는 산모의 영혼을 가져올 수 없었습니다. 아버지는 나무에 깔려 죽고, 어머니는 방금 쌍둥

이를 낳고는 자기 영혼을 거두어 가지 말아 달라고 비는 것이었습니다. 아이들은 부모 없이는 살 수 없다고 하면서 아이들이 클 때까지 제 손으로 키우게 해 달라고 말입니다. 그래서 저는 산모의 영혼을 가져오지 못했습니다.'

그러자 하느님께서는 이렇게 말씀하셨습니다. '다시 가서 산모의 영혼을 가져오너라. 그러면 세 가지 말의 뜻을 알게 되리라. 사람의 마음속에는 무엇이 있는가, 사람에게 주어지지 않은 것은 무엇인가, 사람은 무엇으로 사는가. 이 세 가지를 다 알게 될 것이다. 그리고 이 세 가지를 알게 되면 다시 하늘나라로 돌아오게 되리라.' 나는 다시 세상으로 내려와 산모의 영혼을 빼앗았습니다.

갓난아이들은 어머니의 가슴에서 떨어졌습니다. 그러나 어머니의 시체가 침대 위에 쓰러져 한 아이를 짓누르는 바람에 한쪽 다리를 못 쓰게 만들었습니다. 나는 여자의 영혼을 데리고 하늘 위 하느님에게로 올라가려고 했습니다만, 그때 바람이 휘몰아치면서 제 날개를 꺾어 버리고 말았습니다. 그래서 그 여자의 영혼만 하느님께로 가고, 저는 땅 위에 떨어져 길바닥에 누워 있었던 것입니다."


11

쎄묜과 마뜨료나는 자기들이 먹이고 입혀 준 사람이 누구인지, 자기들과 함께 살아온 사람이 누구인지 알자 두려움과 기쁨으로 눈물을 흘렸습니다.

천사는 이야기를 계속했습니다.

"나는 홀로 벌거숭이가 된 채 들판에 버려져 있었습니다. 그때까지 나는 인간의 가난도 추위도 굶주림도 몰랐습니다. 그러다가 갑자기 인간이 되어 버린 것입니다. 춥고 배가 고팠지만 어떻게 해야 좋을지 몰랐습니다. 그런데 갑자기 들 가운데에 하느님을 위한 교회가 세워져 있는 것을 발견하고 몸을 피하고자 그리로 갔습니다. 날이 저물자 나는 춥고 배가 고파 온몸이 쑤셔 왔습니다.

그때 어떤 사람이 장화를 신고 길을 걸어오면서 혼자 중얼거리는 소리가 들려왔습니다. 내가 사람이 되어 처음으로 본 사람은 송장과 같은 얼굴이었습니다. 나는 너무나 무서워 얼굴을 돌리고 말았습니다. 그런데 그 사나이는 이 추운 겨울에 자기 몸을 감쌀 옷을 어떻게 마련해야 할지, 처자식을 먹여 살리려면 어떻게 해야 할지 혼자 중얼거리고 있었습니다. 그때 나는 생각했습니다. '나는 춥고 배가 고파 죽을 지경이다. 그런데 저기 오는 사람은 어떻게 하면 두 내외가 걸칠 모피 코트와 가족들이 먹을 빵을 마련하나, 그것만을 생각하고 있다. 저 사람은 나를 도와줄 수 없다.' 그 사람은 나를 보자 얼굴을 찌푸리고 더욱 무서운 얼굴이 되어 지나가 버렸습니다. 나는 낙심

했습니다.

그런데 갑자기 그 사람이 되돌아오는 소리가 들렸습니다. 쳐다보니 좀 전에 본 그 사람이 아닌 것 같았습니다. 좀 전까지 죽음의 그림자가 드리워져 있던 얼굴에 갑자기 생기가 돌았습니다. 나는 그 얼굴에서 하느님의 모습을 보았습니다. 그 사람은 내 곁으로 다가와 옷을 입혀 주고 집으로 데려갔습니다.

집에 도착하자 한 여자가 나와 말을 늘어놓았습니다. 그 여자는 남자보다 한층 더 무서운 얼굴을 하고 있었습니다. 입에서는 죽음의 입김이 나오고 있었습니다. 나는 그 악취 때문에 숨을 쉴 수 없었습니다. 여자는 나를 추운 밖으로 몰아내려고 했습니다. 그때 만약 나를 내쫓았다면 여자도 죽고 말았을 것입니다. 그때 갑자기 남편이 하느님에 대한 얘기를 하자 여자의 태도가 곧 바뀌었습니다. 그리고 우리에게 저녁상을 차려 주며 나를 바라보았습니다. 나도 여자를 바라보았습니다. 그러자 그 여자의 얼굴에는 이미 죽음의 그림자가 사라지고 생기가 돌고 있었습니다. 나는 그 얼굴에서 하느님의 모습을 보았습니다.

그때 나는 '사람의 마음속에 있는 것이 무엇인지 알게 되리라.'는 하느님의 첫 말씀을 생각했습니다. 나는 사람의 마음속에 있는 것이 사랑이라는 것을 알았습니다. 나는 하느님이 내게 약속하신 것을 보여 주셨다는 생각에 너무나 기뻐서 처음으로 빙그레 웃은 것입니다.

그러나 하느님의 나머지 두 말씀은 알 수가 없었습니다. 사람에게 주어지지 않은 것은 무엇인가, 사람은 무엇으로 사는가—이 말씀은 깨닫지 못한 것입니다.

이 집에서 지낸 지 1년이 지났습니다. 어느 날 한 남자가 와서 1년 동안 닳지도, 터지지도, 일그러지지도 않는 장화를 만들어 달라고 했습니다. 나는 그 사람을 보고 그의 등 뒤에 내 친구이던 죽음의 천사가 있는 것을 발견했습니다. 나 외에는 아무도 그 천사를 보지 못했지만, 나는 날이 저물기 전에 부자의 영혼이 그의 곁을 떠나리라는 것을 알았습니다. 그래서 생각했습니다.

'이 사람은 1년 신어도 끄떡없을 장화를 주문하고 있지만 오늘 저녁 안으로 죽는다는 것은 모른다.'

그때 나는 '사람에게 주어지지 않은 것은 무엇인가.'라는 하느님의 두 번째 말씀을 생각했습니다.

사람의 마음속에 무엇이 있는지는 이미 아는 바였고, 이번엔 사람에게 주어지지 않은 것이 무엇인지를 또 깨닫게 된 것입니다. 사람은 자기 몸에 필요한 것이 무엇인지 알 수 있는 힘이 주어지지 않은 것입니다. 그래서 나는 두 번째로 빙그레 웃었습니다. 나의 친구이던 천사를 만난 것도 기뻤으나 하느님께서 두 번째 말씀을 계시해 주신 것도 기뻤습니다.

그러나 나는 아직 전부 깨닫지는 못했습니다. '사람은 무엇으로 사는가.' 하는 문제를 아직 깨닫지 못한 것입니다. 그래서 나는 여기서 살면서 하느님께서 마지막 말씀을 내게 계시해 주실 때를 기다렸습니다.

그런데 6년째가 되는 어느 날, 어떤 여자와 쌍둥이 여자아이들이 이곳에 왔습니다. 나는 그 아이들이 죽지 않고 살아 있는 것을 알았습니다. 그래서 속으로 생각했습니다.

'자식을 위해 살려 달라는 그 어머니의 말을 믿고 나는 부모 없이는 아이들이 자라지 못하는 줄로 생각했다. 그러나 이렇게 남이 젖을 먹여 키우지 않았는가.'

그리고 여자가 남의 자식을 가엾이 생각하고 눈물을 흘렸을 때 그 속에 살아 계신 하느님의 모습을 발견하였고, 사람은 무엇으로 사는지를 깨닫게 되었습니다. 하느님께서 저에게 마지막 말씀을 계시해 주시고 저를 용서해 주신 것을 알았을 때 나는 세 번째로 웃은 것입니다."


12

그러자 천사의 몸은 벌거숭이가 되고 온몸이 빛으로 둘러싸여 똑바로 쳐다볼 수 없었습니다. 그는 더 큰 소리로 말했습니다. 그 소리는 그의 입에서 흘러나오는 것이 아니라 하늘에서 흘러나오는 것 같았습니다.

천사는 말했습니다.

"모든 사람은 자신에 대한 걱정으로 살아가는 것이 아니라 사랑으로 살아간다는 것을 알게 되었습니다. 그 어머니에게는 아이들이 살아가는 데 필요한 것이 무엇인지 알 수 있는 힘이 주어지지 않았습니다. 또 그 부자에게는 자기에게 무엇이 필요한지를 알 수 있는 힘이 주어지지 않았습니다. 그 사람에게는 산 사람이 신을 장화인지 저녁나절에 죽을 사람에게 필요한 슬리퍼인지——그걸 알 만한 힘이 주어지지 않은 것입니다.

내가 사람이 되었을 때 살아남게 된 것은 나 자신의 걱정에 의해서가 아니라 길을 가던 사람과 그 아내의 마음속에 사랑이 있어 나를 불쌍히 생각하고 사랑해 주었기 때문입니다. 그리고 두 고아가 살아남게 된 것도 그들 자신의 걱정에 의해서가 아니라, 다른 여자의 마음속에 사랑이 있어 그들을 불쌍히 생각하고 사랑해 주었기 때문입니다. 이처럼 모든 사람은 자기 자신의 걱정에 의해서가 아니라 마음속의 사랑으로 살아가고 있는 것입니다.

지금까지 나는 하느님께서 사람에게 생명을 주시어 살아가도록 바라시는 걸로 알았습니다만, 이제 한 가지를 더 깨닫게 되었습니다.

하느님께서는 사람들이 떨어져 사는 것을 원하지 않기 때문에 각자 자기에게 필요한 것이 무엇인지를 가르쳐 주지 않았

고, 서로 모여 살아가기를 원하기 때문에 사람들에게 자기 자신과 모든 사람에게 필요한 것이 무엇인지를 가르쳐 준 것입니다.

사람들이 자기 자신에 대한 걱정으로 살아간다는 것은 그들의 생각일 뿐, 사실은 오직 사랑에 의해서만 살아간다는 것을 나는 이제야 깨닫게 되었습니다. 사랑으로 살아가는 사람은 하느님 안에 사는 사람이며, 하느님은 그 사람 안에 계십니다. 하느님은 곧 사랑이기 때문입니다."

이렇게 말하고 천사는 하느님께 찬송을 드렸습니다. 그 목소리로 집이 흔들리더니 천장이 갈라지면서 불기둥이 하늘로 치솟아 올랐습니다. 쎄묜 내외와 아이들은 바닥에 엎드렸습니다. 천사의 등에서 날개가 펼쳐지더니 천사는 하늘로 올라갔습니다.

쎄묜이 다시 정신을 차려 보니 집은 전과 다름이 없었습니다. 그리고 방 안에는 그들 가족 외에 아무도 없었습니다.

# 양초

"'눈은 눈으로, 이는 이로'라고 하신 말씀을 너희는 들었다. 그러나 나는 이렇게 말한다. 앙갚음하지 말아라."　　　(마태오 복음서 5:38−39)

이것은 아직 농노가 해방되지 않았을 때의 이야기입니다. 그 무렵에는 지주에도 별별 사람이 다 있어서 자기도 언젠가는 죽을 때가 있다는 것을 잊지 않고 하느님을 공경하고 농노를 불쌍히 여기는 사람이 있는가 하면, 이렇게 말해서는 안 될지 모르지만 개 같은 사람도 있었습니다. 그중에도 농노 출신으로 갑자기 미꾸라지가 용이 된 것처럼 귀족의 대열에 낀 자들만큼 나쁜 관리인은 없었지요. 그런 사람 때문에 농민들의 생활은 더욱 비참했습니다.

어떤 귀족의 영지에 그런 마름이 나타났습니다. 농민들은 부역을 하고 있었지요. 토지는 충분하고 땅은 기름지고 물도 풀밭도 숲도 전부 다 남아돌 정도로 넉넉해서 지주도 농노도 아쉬운 것이라곤 아무것도 없는 것 같았습니다. 그런데 지주는 다른 영지에 있는 농노를 마름으로 앉힌 것입니다.

마름은 권력을 잡자 농민들을 괴롭히기 시작했습니다. 자기도 한 가정의 가장으로 아내 말고도 시집간 딸이 둘이나 되고 돈도 벌 만큼 벌었으므로 나쁜 짓을 하지 않아도 편안히 살아갈 수 있었는데, 욕심이 너무 많았기 때문에 나쁜 길로 빠져버린 것입니다.

우선 첫 시작으로, 농민들에게 정해진 날짜 이상으로 일을 시켰습니다. 벽돌 공장을 세워 남자 여자 할 것 없이 마구 끌어다가 일을 시키고, 만들어 낸 벽돌은 팔아먹는 것이었습니다. 농부들은 모스끄바에 있는 주인에게 가서 마름의 일을 호소했으나 아무 소용이 없었습니다. 지주는 그냥 농부들을 쫓아낼 뿐 마름의 권력을 빼앗으려고 하지 않았습니다.

마름은 농부들이 주인에게 호소하러 모스끄바에 갔었다는 사실을 알고 앙갚음을 하기 시작했습니다. 그 때문에 농부들의 생활은 더욱 어렵게 되었습니다. 게다가 농부 중에는 좋지 못한 자들까지 있어서 친구의 일을 마름에게 일러바쳐서 서로가 서로를 구렁텅이에 빠뜨리려고 했습니다. 이리하여 농부들은 서로 단결하지 못하게 되고 마름의 횡포는 날이 갈수록 심

해졌습니다.

마름의 횡포가 심해지자 결국 농부들은 누구나 이 마름을 사나운 짐승처럼 무섭게 여기게 되었습니다. 마름이 마차를 타고 마을을 지나갈 때면 모두 늑대라도 나타난 것처럼 아무 데나 재빨리 몸을 숨겨 그의 눈에 띄지 않게 했습니다. 마름은 그런 모습을 보고 놈들이 자기를 무서워한다면서 더더욱 화를 내고 때리고 일을 시키는 것이었습니다. 그 때문에 농부들은 많은 고통을 받아야 했습니다.

그 무렵, 농부들이 그런 좋지 못한 악인을 슬쩍 죽여 버리는 일도 자주 있었습니다. 그 마을 농부들도 그런 의논을 하기 시작했습니다. 그들은 으슥한 곳에 모였는데 그중에서도 좀더 용기 있는 자가 먼저 말을 꺼냈습니다.

"우리는 언제까지 저 악당을 내버려 둬야 하나? 어차피 죽기는 마찬가지 아닌가. 저런 놈은 죽여도 죄가 안 돼!"

그러던 중 부활절 전날, 농부들이 숲 속에 모였습니다. 마름이 지주의 숲을 말끔히 손질하라고 명령했기 때문입니다. 점심을 먹으려고 모였을 때 의논이 시작되었습니다.

"이래 가지고야 우리가 어떻게 살아가겠나? 저놈이 우리를 완전히 말려 죽일 작정인가 봐. 일에 지쳐 죽을 지경인데 우리는 물론 여자들에게도 밤낮으로 쉴 틈을 주지 않잖아. 게다가 조금이라도 자기 마음에 들지 않으면 무조건 두들겨 패지를 않나. 쎄묜 같은 자는 얻어맞고 죽었지. 아니씸은 족쇄에 채워져 곤욕을 치렀지. 도대체 우리가 더 무엇을 기다리겠나? 오늘 저녁 여기 와서 또 몹쓸 짓을 하거든 놈을 말에서 끌어내려 도끼로 한 대 꽝 치면 그걸로 끝장일 거란 말일세. 그런 후엔 개처럼 어디다 묻어 버리고 단서가 될 만한 것은 물속에 던져 버리는 거지. 다만 한 가지 중요한 것은 우리 모두 다 같이 비밀을 누설하지 않기로 약속하는 거야!"

바실리 미나예프가 이렇게 말했습니다. 그는 누구보다도 마름을 미워하고 있었습니다. 마름은 일 주일이 멀다 하고 그를 때리는가 하면 그의 아내마저 빼앗아 자기 집 하녀로 만들어 버렸기 때문입니다.

이렇게 농부들은 서로 이야기를 나누었습니다. 저녁 때 마름이 왔습니다. 그는 말을 타고 왔는데 이번에는 나무 베는 방식이 틀렸다면서 야단을 쳤습니다. 그는 잘라 놓은 나무 더미 속에서 보리수 한 그루를 발견했습니다.

"나는 보리수를 베라고 하지 않았어. 누가 베었나? 어서 말하지 못할까? 말 안 하면 모조리 두들겨 패 줄 테다."

마름은 누가 맡은 자리에 보리수가 들어 있었는지 조사하기 시작했습니다. 그러자 누군가가 시도르를 가리켰습니다. 마름은 시도르의 얼굴을 피가 나도록 때렸습니다. 바실리도 나무를 적게 베었다고 가죽 채찍으로 실컷 두들겨 팬 다음 마름은 제 집으로 돌아가 버렸습니다.

그날 밤 다시 농부들이 모였습니다. 거기서 바실리가 입을 열었습니다.

"아니, 당신네들도 사람이오? 이건 사람이 아니라 참새 새끼 같아! '해치우자, 해치우자.' 입으로만 큰소리치면서 막상 일이 닥치면 다들 꼬리를 감추니. 꼭 매 앞에 움츠린 참새들 같단 말이야. '배반해선 안 된다, 안 된다, 해치우자, 해치우자!' 하면서 막상 매가 날아오면 모두 풀숲으로 흩어지니. 그러니까 매는 자기가 노린 자를 낚아채 가는 거야. 매가 날아가고 나면 참새들이 다시 나와 짹짹거리며 한 마리가 모자란다고 야단법석이지. '대체 누가 없어졌지? 반까구나. 아아, 그놈은 그런 꼴을 당할 만하지. 그만한 까닭이 있는 거야.' 이런 식으로 말이오. 당신네들이 꼭 그렇소. 배신 않겠다고 했으면 배신하지 말아야지! 놈이 시도르에게 손찌검을 했을 때 당신들이 한 덩어리가 되어 놈을 처치해야 하는 거란 말이오. '배신해선 안 된다, 안 된다, 해치우자, 해치우자!' 하면서 막상 매가 덤벼들면 놀라 숲으로 도망쳐 버리니……"

농부들은 점점 더 자주 그런 의논을 하고 마침내 마름을 죽이기로 했습니다. 그리스도 수난 주간에 마름은 농부들에게 지시를 내려 부활제가 시작되면 귀리 씨를 뿌릴 준비를 해서 지주의 밭을 갈아야 한다고 했습니다. 농부들은 자기네들을 모욕하는 거라고 생각하면서 바실리의 집 뒤꼍에 모여 다시 의논을 하기 시작했습니다.

"놈이 하늘 무서운 줄 모르고 그런 짓을 거리낌 없이 하려 들다니 정말이지 때려 죽여야만 해. 어차피 한 번 죽지 두 번 죽나!"

농부들은 이렇게 말했습니다.

그때 뾰뜨르 미헤예프가 왔습니다. 그는 온화한 사람으로 지금까지 농부들의 모임에 한 번도 나온 일이 없었으나 오늘 처음으로 나와 그들의 이야기를 듣고 이렇게 말했습니다.

"당신네들은 정말 엄청난 죄를 저지를 생각을 하고 있구려. 사람을 죽인다는 건 여간 큰일이 아니오. 남의 목숨 하나 죽이기야 수월하겠지만 자신의 영혼은 어떻게 될 것 같습니까? 놈이 나쁜 짓을 한다면 가만 내버려 둬도 벌을 받을 것이오. 그러니 참아야 하오."

그 말을 듣고 바실리가 화가 나서 말했습니다.

"맨날 똑같은 말이지. 사람을 죽이는 건 죄라고. 죄라는 건 알고 있지만 그놈도 인간인가? 정말 착한 사람을 죽이는 건 죄가 되겠지만 그 따위 개 같은 놈을 죽이는 건 하느님의 분부야. 인간을 불쌍하게 여긴다면 미친개는 죽여야만 해. 죽이지 않으면 더 큰 죄를 짓게 되는 거지. 놈이 사람들을 때린 생각만 하면 이가 갈린단 말이야! 설사 우리가 어려움을 당한다 해도 그건 사람들을 위해서야. 모두들 고마워할 거야. 그런 걸 우리가 더럽다고 침이나 뱉고 앉아 있으면 놈은 우리를 모조리 패 죽이고 말 거야. 자넨 당치도 않은 말을 하고 있어, 미혜예프. 도대체 뭔가, 그리스도의 축제일에 일하러 가는 편이 죄가 덜 된다는 말인가? 그렇게 말하는 자네부터 일하러 가진 않을 걸!"

그러자 미혜예프가 말했습니다.

"안 가긴 왜 안 가겠나! 밭을 갈러 가라면 가야지. 그게 어디 내 마음대로 할 수 있는 건가. 누가 나쁜지는 하느님께서 다 알고 계셔. 우린 다만 하느님을 잊어버리지 말아야 되는 거야. 여보게들, 나는 말이지, 내 생각만을 이야기하고 있는 게 아닐세. 만일 악을 악으로 뿌리 뽑으라고 한다면 하느님께서 그와 같은 본을 보여 주셨을 테지만, 우리에게 가르치신 것은 그게 아니란 말일세. 우리가 악을 악으로 없애려고 하면 악은 우리 쪽으로 옮겨 오네. 사람을 죽이는 건 수월한 일이지만 그 피는 자신의 영혼에 달라붙네. 사람을 죽인다는 것은 자신의 영혼을 피투성이로 만드는 일이야. 자신은 나쁜 놈을 죽였다, 이젠 악을 뿌리 뽑았다 생각하겠지만 실은 그보다 더 나쁜 걸 자신의 영혼에 뿌리내리게 하는 결과가 되네. 재난에는 지고 들어가야 해. 그러면 재난 쪽에서 우리에게 져 줄 거란 말일세."

이렇게 하여 농부들은 의견이 구구하여 결정을 보지 못했습니다. 바실리처럼 생각하는 사람이 있는가 하면 미혜예프처럼 죄를 짓지 말고 견뎌 내는 편이 좋다고 하는 자도 있었습니다.

농부들이 부활 주간의 첫날인 부활대축일 축하 행사를 끝마친 저녁 때, 이장이 관청의 서기 한 사람과 함께 지주네 집을 다녀와서 이렇게 말했습니다. 마름인 미하일 쎄묘느치의 지시로 내일은 농부 모두가 귀리 씨를 뿌리기 위해 밭을 갈아야 한다는 것입니다. 이장과 서기는 온 마을을 돌아다니면서 그렇게 알렸습니다. 내일은 모든 농부가 밭에 나가 한 패는 개울 저쪽으로, 다른 한 패는 신작로에서부터 밭을 갈기 시작하라는 것이었습니다. 농부들은 울며 겨자 먹기로 그 명령에 따를 수밖에 없었습니다.

이튿날 아침 모두 쟁기를 들고 나가 밭을 갈기 시작했습니다. 교회에서는 아침 기도 시간을 알리는 종이 울리고 사람들은 어디서나 축제일을 축하하고 있는데 이곳의 농부들만 밭을 갈고 있었습니다.

마름은 늦게 잠이 깨어 농장 일을 둘러보러 나갔습니다. 마름의 아내도, 과부인 그의 딸도(그녀는 축제일을 보내러 왔습니다) 집 안을 치우고 옷을 곱게 차려입고 하인에게 마차를 준비 시켜 기도회에 갔다가 돌아왔습니다. 마름은 집으로 돌아와 하녀가 준비한 차를 마시기 시작했습니다. 그는 차를 실컷 마신 후에 파이프의 연기를 뿜으면서 이장을 불러 물었습니다.

"그래, 농부들은 다 밭갈이하러 내보냈겠지?"

"그럼요, 미하일 쎄묘느치."

"어때, 다들 나왔던가?"

"모두 나왔지요. 제가 장소까지 정해 주었는걸요."

"장소를 정해 준 건 잘한 일인데, 제대로 일을 하고 있을까? 지금 가서 일을 잘하나 살펴봐. 그리고 점심 때 내가 직접 나가 볼 테니 한 제샤찌나(1제샤찌나는 1.09헥타르—옮긴이)를 둘이서 갈도록 그렇게 일러! 그것도 아주 잘 갈도록 말이야! 만일에 소홀한 점이 발견되면 축제일이라고 해서 봐주지 않을 테니깐!"

"잘 알았습니다."

그렇게 말하고 나가는 이장을 미하일 쎄묘느치가 다시 불렀습니다. 막상 불러들이기는 했으나 뭔가 할 말이 있는데 어떻게 해야 좋을지 몰라 머뭇거리는 것이었습니다. 그러다가 마름이 말했습니다.

"다른 게 아니라, 그 도둑놈들이 내 말을 어떻게 하는지 자네가 슬쩍 들어 보게. 누가 무슨 말을 하고 누가 무슨 욕을 하는지 낱낱이 내게 알려 줘. 나는 그놈들을 잘 알고 있어. 일하기보다는 게으름 피우기만 좋아하는 놈들이니까 말야. 먹고 놀기만 좋아하고, 밭 갈 때를 놓치면 일을 그르친다는 생각은 조금도 않거든. 그러니 가서 누가 뭐라고 하는지, 놈들이 지껄이는 말을 듣고 와서 모조리 보고하란 말이야. 나는 그걸 알아 둬야 해. 자, 어서 가 봐. 그리고 내게 하나도 숨김없이 말해야 한다고, 알겠나?"

이장은 말을 타고 밖으로 나가 농부들이 일하는 밭으로 갔습니다.

마름의 아내는 남편이 이장과 이야기하는 것을 듣고 와서 부탁을 했습니다. 마름의 아내는 온순하고 착한 마음씨를 가진 여자였습니다. 그래서 되도록 남편의 마음을 가라앉혀 농부들을 감싸 주려고 했습니다.

그녀는 남편에게 와서 이렇게 부탁했습니다.

"여보, 그리스도의 대축제일이니 제발 죄를 짓지 말고 농부들을 쉬게 해주세요!"

미하일 쎄묘늬치는 아내의 말을 들으려고도 하지 않고 웃을 뿐이었습니다.

"한동안 매질을 하지 않았더니 당신 간덩이가 부었어. 당신이 참견할 일이 아니야."

"여보, 당신 꿈이 좋지 않았어요. 제발 내 말대로 농부들에게 일을 시키지 마세요!"

"안 된다니까 자꾸 그러네. 기름진 음식을 배불리 먹으니까 채찍 맛을 잊은 모양이군. 당신도 조심해야 한다고!"

쎄묘늬치는 버럭 화를 내며 불이 붙어 있는 파이프로 아내

의 입을 쿡 찔러 방에서 몰아내면서 빨리 식사 준비나 하라고
일렀습니다.

미하일 쎄묘늬치는 고기묵과 고기만두와 돼지고기 수프와
통돼지구이를 우유국수에 곁들여 먹고, 버찌로 빚은 술을 마
시고 달콤한 케이크를 먹은 다음 하녀를 불러 노래를 부르게
하고, 자기도 기타를 잡고 노래에 맞추어 퉁겨 대기 시작했습
니다.

마름이 거나한 기분이 되어 트림을 하면서 기타 줄을 뜯고
하녀와 같이 시시덕거리고 있을 때 이장이 들어와 허리를 굽
혀 인사하고 들에서 본 일을 보고하기 시작했습니다.

"그래 어때, 밭은 갈고 있던가? 오늘 해야 할 일은 다 마칠
수 있겠던가?"

"벌써 절반 이상 갈았습니다."

"잘못된 곳은 없던가?"

"그런 건 없고요, 모두 겁쟁이들이라 일을 잘하고 있습
니다."

"흙도 곱게 다지고?"

"잘 다져져서 양귀비를 뿌려 놓은 것 같습니다."

마름은 잠자코 있다가 이렇게 물었습니다.

"그래, 나에 대해선 뭐라고 하던가? 욕을 하던가?"

이장이 머뭇거리자 마름은 사실대로 이야기하라고 했습

니다.

"숨김없이 그대로 말해! 딴말로 꾸며 대지 말고 놈들이 말한 대로 다 털어놓으란 말이야. 사실대로 말하면 상을 주겠지만 혹시 놈들을 감쌌다간 미안하지만 매로 대신할 테니까. 어이, 까쮸샤, 이 사람에게 보드까 한 잔 드려. 기운 좀 나게."

하녀가 나가더니 이장에게 술을 가져다 주었습니다. 이장은 감사의 말을 하고 쭉 들이켠 다음 입 언저리를 닦으며 생각했습니다.

'어차피 마찬가지야. 모두 이 사람을 욕하는 게 내 탓이 아니니까. 명령이니 들은 대로 말해 버리자.'

이렇게 생각하고 이장은 용기를 내어 말문을 열기 시작했습니다.

"모두들 불평을 하고 있어요, 미하일 쎄묘늬치."

"그래, 뭐라고 하더냐? 빨리 말해 봐."

"모두 같은 말을 하고 있었습니다. 마름 양반은 하느님을 섬기지 않는다고요."

마름은 웃음을 터뜨렸습니다.

"누가 그런 말을 했지?"

"다들 그렇게 말하고 있었습니다. 마름 양반은 악마에게 고개 숙이고 있다고요."

마름은 계속 웃으면서 물었습니다.

"좋아. 낱낱이 말해 주게, 누가 뭐라고 했는지. 바실리는 뭐라고 했나?"

이장은 자기 친구들을 나쁘게 말하고 싶지는 않았지만 바실리와는 전부터 사이가 좋지 않았으므로 사실대로 말해 버렸습니다.

"바실리가 제일 욕을 많이 하더군요."

"뭐라고 욕하던가? 말해 봐."

"입에 담기조차 무서울 정도죠. 그 작자는 틀림없이 고해성사도 못 받고 죽을 거라고 말했습니다."

"흥, 장하기도 하지. 놈은 그러면서 왜 날 죽이지 않고 하품만 하고 있는 거야? 아무래도 손이 자라지 않은 모양이지? 좋아, 바실리 네놈과는 당장에 셈을 치를 테니까. 다음엔 찌쉬까란 놈, 그놈도 뭐라고 했겠지?"

"네, 모두 나쁜 말만 하고 있었습니다."

"그러니까 뭐라고 했느냐 말이야."

"입에 담기조차 지저분한 말입니다."

"뭐가 지저분하단 말인가? 겁낼 것 없으니 말해 보라니까."

"그 작자의 배가 툭 터져서 창자가 튀어나왔으면 좋겠다고 그랬습니다."

미하일 쎄묘느치는 무엇이 좋은지 껄껄 웃기까지 했습니다.

"흥, 어느 쪽이 먼저 터질지 어디 두고 보라고. 그건 누구였나? 찌쉬까였나?"

"네에, 모두 좋은 말을 하지 않고 있습니다. 모두 욕을 하거나 위협하는 듯한 말들을 하고 있어요."

"그래, 근데 미헤예프는 어때? 놈은 뭐라고 했지? 그 빌어먹을 자식도 날 욕했겠지?"

"아닙니다, 쎄묘늬치. 미헤예프는 욕 같은 건 하지 않았습니다."

"그럼 어떻게 했나?"

"네, 농부들 중에서 그 사람 하나만은 아무 말도 하지 않았어요. 유별난 놈이더군요! 저도 깜짝 놀랐습니다, 미하일 쎄묘늬치!"

"뭐가 놀라운가?"

"글쎄, 그 사람이 한 일에 모두들 놀라고 있습니다."

"글쎄, 무슨 일을 했냐니까?"

"아주 신기한 일이었습니다. 제가 그의 곁으로 갔을 때 그는 뚜르낀의 비탈진 언덕을 갈고 있었습니다. 더 가까이 가 보니 누군가 노래 부르는 소리가 들려왔습니다. 가늘고 고운 목소리였죠. 그런데 쟁기 손잡이 사이에서 뭔가 반짝이는 게 보였습니다."

"그래서?"

"작은 불빛 같은 거였습니다. 그래서 바싹 다가가 자세히 보니 5까뻬이까짜리 양초가 쟁기의 가로대 위에 세워져 있지 뭡니까? 그게 불타고 있었는데 바람이 불어도 꺼지질 않았습니다. 그는 새 셔츠를 입고 밭을 갈면서 부활절 노래를 부르고 있었습니다. 한 고랑을 다 갈고 방향을 바꾸며 쟁기를 뒤집어 흙을 털어도 촛불은 꺼지지 않았습니다. 제가 보고 있는 앞에서 쟁기를 뒤집어 흙을 털고 손잡이를 꺾으면서 마구 밀어 대는데도 촛불이 꺼지지 않고 계속 타고 있었습니다."

"그래, 무슨 말은 없었고?"

"아뇨, 아무 말도 없었습니다. 그냥 저를 보더니 부활절 인사를 할 뿐, 다시 노래를 부르는 것이었어요."

"자넨 그에게 뭐라고 했나?"

"저도 아무 말 하지 않았습니다. 그런데 그때 농부들이 몰려와서 미헤예프는 부활절에 밭일을 했으니까 아무리 기도를 드려도 영원히 죄를 용서받을 수 없다고 놀려 대더군요."

"그래, 그 사내는 뭐라고 대답하던가?"

"그 친구는 그저 '땅에는 평화, 사람에게는 선한 마음이 있을지어다.'라고 했을 뿐, 다시 쟁기를 잡고 말을 몰면서 가느다란 목소리로 노래를 불렀습니다. 그러나 촛불은 꺼지지 않고 그대로 타고 있었습니다."

마름은 웃음을 멈추고 기타를 내려놓은 다음 머리를 숙인 채 생각에 잠겼습니다. 그리고 잠시 앉아 있더니 하녀도 이장

도 물러가게 하고 커튼 뒤로 들어가 침대 위에 누워서 한숨을 쉬며 끙끙거렸습니다. 그것은 마치 곡식단을 싣고 가는 짐수레와도 같은 힘겨운 소리였습니다. 그때 아내가 와서 말을 걸었으나 대답도 하지 않고 이렇게 말했을 뿐이었습니다.

"그놈이 날 이겼어! 이번엔 내 차례야!"

아내가 타이르기 시작했습니다.

"여보, 당신이 가서 농부들을 돌려보내세요. 그렇게만 하면 아무 일 없을 거예요! 이제까진 별의별 짓을 다 하고도 태연했는데 이번엔 왜 그렇게 겁을 내시는지 모르겠네요."

"나는 이제 틀렸어. 그놈이 이겼어."

아내는 큰 소리로 말했습니다.

"그놈이 이겼다, 이겼다고만 하시면 무슨 소용이 있어요? 그보다 어서 가서 농부들을 돌려보내세요. 그럼 모든 일이 잘 해결될 거예요. 자, 가세요. 제가 나가서 말에 안장을 놓으라고 하겠어요."

말이 끌려 나왔고, 마름의 아내는 남편을 타일러 들에 나가 농부들을 집으로 돌려보내게 했습니다.

미하일 쎄묘느치는 말을 타고 들에 나갔습니다. 마을 어귀에 이르자 한 아낙네가 마을 문을 열어 주어 그는 마을 안으로 들어갔습니다. 사람들은 마름의 모습을 보기가 무섭게 어떤 사람은 뒤꼍으로, 어떤 사람은 집 모퉁이로, 어떤 사람은 채마

밭으로 도망을 치는 것이었습니다.

마름은 마을을 다 지나, 나가는 문에 이르렀습니다. 문이 닫혀 있어서 말에 올라앉은 채로는 열 수가 없었습니다. 문을 열라고 소리쳤지만 아무런 대답도 없었습니다. 마름이 말에서 내려 손수 문을 열고 다시 말을 타려고 문간에 서서 발걸이에 한쪽 발을 걸고 몸을 올려 안장에 걸터앉으려는 순간, 달려 나온 돼지에 놀란 말이 옆의 울타리에 부딪혔습니다. 마름은 뚱뚱했으므로 안장에서 몸을 가누지 못하고 말에서 떨어져 울타리에 부딪혔습니다. 그 울타리에 한쪽 끝이 뾰족하고 길게 튀어나온 말목이 있었는데, 마름의 뚱뚱한 배가 그 말목 끝에 꽂히고 말았습니다. 마름은 배가 찢어지면서 땅바닥에 떨어졌습니다.

농부들이 밭일을 마치고 돌아오는데 문 앞에 이르자 말이 콧김을 내뿜으며 문 안으로 들어가려고 하지 않았습니다. 가만히 보니 쎄묘늬치가 벌렁 자빠져 있었습니다. 두 팔은 좌우로 벌리고 눈동자는 움직이지 않고 있었으며, 창자는 땅바닥에 흘러나오고 피가 괴어 웅덩이처럼 되어 있었습니다. 땅이 그의 피를 빨아들여 주지 않았기 때문입니다.

농부들은 깜짝 놀라 뒷길로 말을 몰아 달아나 버렸습니다. 다만 미헤예프만이 말에서 내려 그 옆으로 가 마름이 죽은 것을 보고 그의 눈을 감겨 주고, 짐수레에 말을 매어 아들과 함께 시체를 실은 다음 지주의 집으로 갔습니다.

지주는 모든 사정을 듣고는 농부들에게 부역을 시키지 않고 소작료만 내도록 했습니다.

농부들도 하느님의 힘은 악한 일 속에 있지 않고 착한 일 가운데 있다는 것을 알게 되었습니다.

# 일리야스

 

 

우파 현(뾰뜨르 1세 때 제정된 작은 단위의 행정구역―옮긴이)에 일리야스라는 바쉬끼르 사람이 살고 있었습니다. 일리야스는 아버지로부터 많은 재산을 물려받지 못했습니다. 아버지는 아들이 장가간 지 1년 만에 세상을 떠났습니다. 그때 일리야스의 재산은 암말 일곱 마리, 암소 두 마리 그리고 양 스무 마리뿐이었습니다.

그러나 일리야스는 집안의 주인이었으므로 아내와 함께 아침부터 저녁까지 열심히 일해 재산을 모으기 시작했습니다. 남보다 일찍 일어나고 남보다 늦게 잠자리에 들면서 열심히 일한 덕분에 그의 재산은 해마다 불어났습니다. 이렇게 35년을 열심히 일하며 살아오는 동안 그의 재산은 꽤 많이 모이게 되었습니다.

지금 일리야스는 말 이백 마리, 소 백오십 마리, 양 천이백 마리를 소유하게 되었습니다. 남자 일꾼들은 일리야스의 말과 가축들을 치고, 여자 일꾼들은 암말과 암소의 젖을 짜서 꾸믜스(말의 젖을 발효시켜 만든 술—옮긴이)와 치즈나 버터를 만들었습니다. 지금 일리야스의 집에는 없는 것이 없습니다. 그래서 주위 사람들이 모두 일리야스의 생활을 부러워하며 이렇게 말했습니다.

"일리야스는 행복한 사람이야. 그 사람은 무엇이나 많이 가지고 있으니까 죽는 게 억울할 거야."

이렇게 잘살게 되자 훌륭한 사람들도 일리야스를 알게 되고 그와 친하게 지냈습니다. 심지어 멀리서부터 사람들이 찾아오기도 했습니다. 일리야스는 어떤 손님이나 마다 않고 먹을 것과 마실 것을 대접하였습니다. 찾아오는 사람이 누구든 꾸믜스와 차, 생선 수프와 양고기를 내놓았습니다. 손님이 적을 때는 양 한두 마리만 잡고 많을 때는 암말까지 잡기도 했습니다.

일리야스는 아들 둘과 딸 하나를 두었습니다. 그런데 이젠 모두 시집 장가를 보냈습니다. 일리야스가 가난했을 때는 아들들도 아버지와 같이 일하며 손수 말이나 양을 돌보았지만, 부자가 되자 빈둥거리며 한 놈은 술을 마시기 시작했습니다. 결국 큰놈은 싸움질하다 맞아 죽고, 작은놈은 콧대 높은 마누라를 만나 아버지의 말을 듣지 않게 되었습니다. 일리야스는 하는 수 없어 아들에게 따로 살림을 내주었습니다.

아들에게 집과 가축을 주어 딴살림을 내보내자 일리야스의 재산은 줄어들었습니다. 그 후 얼마 안 있어 양들마저 병에 걸려 많이 죽어 버렸습니다. 게다가 또 흉년이 들어서 건초가 나지 않아 겨울에도 많은 가축들이 굶어 죽었습니다. 그리고 수말 한 마리가 긴 제일 좋은 암말 떼를 끼르끼즈 사람들에게 빼앗겨 버려 일리야스의 재산은 더욱 줄어들었습니다. 이렇게 되자 일리야스의 집안은 점점 기울고 힘도 약해졌습니다.

그래서 일흔이 되자 일리야스는 모피 코트와 양탄자, 말안장, 마차를 하나씩 팔아먹다가, 결국에는 마지막 남은 가축까지 다 팔아 이제 빈털터리 신세가 되어 버렸습니다. 일리야스 자신도 자기가 왜 이렇게 빈털터리가 되었는지 알 수 없었습니다.

그래서 일리야스는 늘그막에 아내와 같이 남의집살이를 하러 가지 않으면 안 되었습니다. 지금 그에게 남은 것이라고는 몸에 걸친 옷과 모피 코트, 모자, 반장화와 구두, 그리고 역시 늙은 아내인 샴 세마기뿐이었습니다. 살림을 따로 차린 아들은 먼 곳으로 가 버렸고 딸은 죽고 없었습니다. 늙은 부부를 도울 사람은 아무도 없었습니다.

이웃에 사는 무하메드샤흐가 이들을 불쌍히 생각하였습니다. 무하메드샤흐는 가난뱅이도 부자도 아닌, 그저 보통으로 살아가는 좋은 사람이었습니다. 그 사람은 예전에 일리야스에게 후한 대접을 받은 일을 생각하고 그를 불쌍히 여겨 이렇게 말했습니다.

"일리야스, 우리 집에 오셔서 부인과 같이 사세요. 여름에는 힘닿는 대로 참외밭에서 일하시고, 겨울에는 가축들에게 먹이나 주시면 돼요. 할머니는 말 젖을 짜서 꾸믜스나 만들어 주시고요. 그러면 두 분이 먹고 입을 것을 드리겠어요. 그리고 필요한 것이 있으면 말씀하세요. 드릴게요."

일리야스는 이웃에게 고맙다고 하고 아내와 같이 무하메드샤흐네 집에서 일하기 시작했습니다. 처음에는 힘든 것처럼 생각되었으나 좀 있으니 익숙해졌습니다. 두 부부는 힘닿는 대로 일하며 살아갔습니다.

주인으로서는 이런 사람들을 데리고 있는 것이 유리하였습니다. 두 사람은 얼마 전까지 한 집안의 주인이었으므로 질서라는 것을 알고 있었고, 게으름도 피우지 않고 힘껏 일해 주었기 때문입니다. 다만 무하메드샤흐로서는 그렇게 잘살던 사람들이 이렇게 밑바닥으로 떨어져 버린 것이 보기가 딱했을 뿐입니다.

한번은 이런 일이 있었습니다. 무하메드샤흐네 집에 사돈되는 친척들이 멀리서 놀러 왔습니다. 회교의 승려도 왔습니다. 무하메드샤흐는 양을 한 마리 잡으라고 했습니다. 일리야스는 가죽을 벗기고 내장을 빼낸 다음 양을 삶아 손님에게 내놓았습니다. 손님들은 양고기를 먹고 차를 마시고 꾸믜스를 마시기 시작했습니다.

이렇게 손님들이 주인과 같이 양탄자에 깔아 놓은 깃털 방석 위에 앉아 꾸믜스를 마시며 이야기를 하고 있는데, 그때 마침 일리야스가 일을 마치고 문 앞을 지나갔습니다. 무하메드 샤흐는 그를 보고 한 손님에게 말했습니다.

"지금 문 앞으로 지나간 노인을 보셨습니까?"

"예, 봤습니다. 그런데 저 노인에게 무슨 이상한 일이 있나요?"

하고 손님이 말했습니다.

"그럼요. 우리 고장에서 제일가는 부자였지요. 일리야스라는 이름을 혹 들어 본 적이 있나요?"

"그럼요. 만나 본 적은 없지만, 그 사람 소문은 멀리까지 퍼졌지요."

하고 손님이 말했습니다.

"그런데 그 일리야스가 지금은 빈털터리가 되어 우리 집에서 일하고 있습니다. 부인도 같이 말 젖을 짜고 있지요."

손님은 놀라서 혀를 찼습니다. 그리고 머리를 저으며 말했습니다.

"행복이란 수레바퀴처럼 도는가 보군요. 올라가는 사람이 있는가 하면 내려가는 사람도 있으니. 어떻습니까, 노인은 지금 괴로움에 잠겨 있겠지요?"
하고 손님이 물었습니다.

"그건 모르겠습니다마는 평화롭게 조용히 지내고 있습니다. 일도 잘하고요."

그러자 손님이 말했습니다.

"그 노인과 얘기 좀 할 수 있을까요? 어떻게 지내는지 좀 물어보고 싶군요."

"뭐, 그러시죠."

무하메드샤흐는 이렇게 말하고 뒤꼍을 향해 소리쳤습니다.

"바바이(바쉬끼르어로 할아버지라는 뜻), 이리 와서 꾸믜스나 한잔 드세요. 할머니도 오시라고 하고요."

일리야스는 아내와 같이 들어왔습니다. 일리야스는 손님과 주인에게 인사를 하고 기도를 드린 뒤, 방문 옆에 가서 무릎을 꿇고 앉았습니다. 아내는 커튼 뒤로 가서 안주인 곁에 앉았습니다.

일리야스에게 꾸믜스 잔이 왔습니다. 일리야스는 손님과 주인에게 고맙다고 절하고 조금 마신 뒤 잔을 내려놓았습니다.

"그런데 어떠세요, 할아버지?"
하고 한 손님이 말했습니다.

"우리를 보니 옛날에 잘살던 생각이 나시죠? 아마 답답하실 거예요. 그렇게 행복하게 지내시다가 지금 불행한 생활을 하시니 어떻습니까?"

일리야스는 싱긋 웃으며 말했습니다.

"내가 행복과 불행에 대해 말한다 해도 당신은 믿지 않으실 겁니다. 차라리 제 아내에게 물어보십시오. 아내는 여자여서 마음에 있는 말을 그대로 할 겁니다. 말하자면 이런 생활에 대해 솔직한 마음을 이야기해 줄 거예요."

그러자 손님이 커튼 저편을 향해서 말했습니다.

"어떻습니까, 할머니? 옛날의 행복과 지금의 슬픈 생활을 어떻게 생각하세요?"

샴 세마기가 커튼 뒤에서 대답했습니다.

"나는 이렇게 생각해요. 나는 영감하고 오십 년을 같이 살아오면서 행복을 찾으려고 애썼지만 못 찾았어요. 그런데 빈털터리로 남의집살이를 시작한 지 두 해째 되는 지금에야 우리는 진짜 행복을 찾아냈어요. 이제 우리에게 다른 것은 아무것도 필요 없어요."

손님도 놀라고 주인도 놀랐습니다. 그래서 손님은 자리에서 일어나 노파를 보려고 커튼까지 열어젖혔습니다. 그러자 노파는 팔짱을 끼고 서서 남편을 보고 싱긋이 웃었습니다. 남편도 웃었습니다. 노파는 다시 말했습니다.

"이건 농담이 아니라 정말입니다. 지난 오십 년 동안 우리는 행복을 찾으려고 했습니다만, 잘살 때는 그걸 찾지 못했어요. 그런데 빈털터리로 남의집살이를 하게 된 지금에야 행복을 찾았어요. 그 이상은 아무것도 필요 없어요."

"지금 두 분의 행복이란 게 대체 어떤 것입니까?"

"그건 이런 것입니다. 우리가 부자였을 때 나와 영감은 조용한 시간을 가질 수 없었어요. 얘기할 시간도 없었고, 영혼을 생각하고 하느님에게 기도할 시간조차 없었어요. 그만큼 우리에겐 걱정거리가 많았었죠! 손님이 오면 욕을 먹지 않으려고 무엇을 대접해야 할까, 무엇을 선물해야 할까 걱정했고, 손님이 떠나면 또 일꾼들을 살펴봐야만 했어요. 그들은 틈만 나면 놀고 맛있는 것을 먹으려 하지만, 우리는 재산이 없어지지 않도록 눈을 부릅뜨고 지켜보지 않으면 안 되었거든요. 그래서 죄를 짓게 되는 거예요. 그뿐만 아니라 늑대에게 망아지나 송아지가 잡아먹히지 않을까, 도둑에게 말이 끌려가지 않을까 또 걱정이었답니다. 잠자리에 들어서도 새끼 양들이 큰 양들에게 짓밟혀 죽지나 않을까 잠을 제대로 이루지 못할 정도였지요. 그래서 밤중에도 잠자리에서 일어나 우리에 가 보고야 겨우 마음을 놓게 되었지만, 다음 순간 겨울에 줄 먹이를 어떻게 장만하나 하는 또 다른 걱정이 고개를 쳐들었답니다. 또한 영감과 나 사이에도 의견이 잘 맞지 않게 되었어요. 영감이 이렇게 하자고 하면, 나는 저렇게 하자고 서로 다투며 죄를 짓게

되었지요. 지난날의 생활이란 걱정에서 걱정, 죄에서 죄로 이어지는 생활이어서 행복한 삶이라곤 몰랐지요."

"그럼 지금은 어떻습니까?"

"지금은 아침에 일어나면 영감과 티격태격하지 않고 언제나 정답게 이야기를 나눕니다. 그리고 의견이 같으니까 둘이서 다툴 일이 없어서 걱정거리가 없어요. 우리에게 걱정거리가 있다면, 어떻게 하면 주인 양반의 일을 잘해 드리나 하는 것뿐이지요. 그래서 우리는 지금 주인 양반께 손해를 끼치지 않고 이득을 가져다 줄 수 있도록 힘닿는 대로 즐겁게 일하고 있어요. 일을 마치고 돌아오면 우리에겐 점심도 저녁도 꾸미스도 있어요. 추우면 방 안을 따뜻하게 만들 땔감도 있고, 모피 코트도 있어요. 그뿐만 아니라 둘이서 이야기할 시간도 있고, 영혼을 생각하고 하느님께 기도할 시간도 있어요. 지난 오십 년 동안 우리가 찾으려던 행복을 이제야 겨우 찾게 된 셈이지요."

이 말을 듣고 손님들이 웃었습니다.

그러자 일리야스가 말했습니다.

"형제들, 웃지 마십시오. 이건 농담이 아니라 사람의 삶을 말하는 것입니다. 아내와 나는 옛날에 바보였기 때문에 재산을 잃고 울기까지 하였습니다. 그러나 지금은 하느님께서 우리에게 진리의 길을 열어 주셨습니다. 우리가 여러분에게 이런 말씀을 드리는 것은 우리 자신을 위로하기 위해서가 아니라 여러분의 행복을 위해서입니다."

그러자 회교의 승려가 말했습니다.

"그것은 참으로 지혜로운 말입니다. 일리야스의 말은 모두 참된 진리의 말입니다. 이 말은 성경에도 씌어 있습니다."

그제야 비로소 손님들은 웃음을 그치고 깊은 생각에 잠겼습니다.

# 두 형제와 금화

옛날 옛날에 예루살렘에서 멀지 않은 곳에 두 형제가 살고 있었습니다. 형의 이름은 아파나시였고 동생의 이름은 요한이었습니다. 두 형제는 도시에서 멀지 않은 산속에 살면서 사람들이 주는 것으로 먹고살았습니다. 형제는 노동으로 나날을 보냈습니다. 그러나 자기들의 일이 아니라 가난한 사람들의 일을 해주고 있었습니다. 일에 시달린 사람들과 병자, 고아와 과부들이 있는 곳을 찾아가 일을 해주고 품삯도 받지 않은 채 돌아왔습니다.

이렇게 두 형제는 일 주일 내내 떨어져서 일하다가 토요일 저녁에야 집으로 돌아와 만나는 것이었습니다. 그리고 일요일만은 바깥에 나가지 않고 집에서 기도와 이야기로 시간을 보냈습니다. 그래서 하늘나라의 천사도 이들에게 내려와 축복을 해주었습니다. 그러다가 월요일이 되면 다시 제 갈 곳을 찾아 떠났습니다. 이렇게 여러 해를 지내는 동안에도 천사는 매주 이들을 찾아와 축복해 주었습니다.

어느 월요일이었습니다. 형제는 집을 나와 제각기 자기 일 터로 떠났습니다. 그러나 아파나시는 사랑하는 동생과 헤어지 기 섭섭하여 걸음을 멈추고 뒤돌아보았습니다. 그러나 요한은 머리를 숙이고 제 갈 길만 걸어갈 뿐 뒤돌아보려고 하지 않았 습니다.

그런데 갑자기 요한이 걸음을 멈추고 무엇을 발견한 듯 손 을 이마에 대고 저쪽을 뚫어지게 바라보았습니다. 잠시 후 요 한은 그리로 다가갔습니다. 그러더니 갑자기 옆으로 물러나며 뒤돌아보지도 않고 산 아래로 마구 뛰어 내려갔습니다. 그러 다가 이번에는 맹수에게 쫓기기라도 하듯 산 밑에서 산 위로 뛰어 올라갔습니다.

아파나시는 놀라서 그쪽으로 가 보았습니다. 동생을 그렇게 놀라게 한 것이 무엇인지 알아보기 위해서였습니다. 다가가 보니, 무언가가 햇빛에 반짝이고 있었습니다. 그래서 더 가까 이 가 보니 풀숲에 금화가 잔뜩 떨어져 있었습니다. 두 아름은 될 것 같았습니다. 아파나시는 동생이 금화를 보고 도망쳤다 는 사실에 한층 더 놀랐습니다.

'동생이 왜 그렇게 놀라고 무엇 때문에 도망쳤을까?'

하고 아파나시는 생각했습니다.

'금화에 무슨 죄가 있어? 사람에게 죄가 있지. 금화는 나쁜 일을 만들 수도 있고 좋은 일을 만들 수도 있다. 이 금만 가지면 얼마나 많은 고아와 과부 들에게 먹을 것을 줄 수 있고, 얼마나 많은 헐벗은 사람들에게 옷을 입힐 수 있으며, 또 얼마나 많은 병자와 불구자 들을 고칠 수 있겠는가! 지금 우리 형제는 남을 위해 일하고 있지만, 그 일이란 우리의 힘이 부족하기 때문에 보잘것없는 것이다. 그러나 이 금만 있으면 세상 사람들에게 더 많은 도움을 줄 수 있을 것이다.'

이렇게 생각한 아파나시는 이를 동생에게 말하려고 했습니다. 그러나 요한은 불러도 들리지 않을 먼 곳으로 가 버리고, 그 모습만이 작은 벌레처럼 저편 산마루에 가물가물 보일 뿐이었습니다.

아파나시는 옷을 벗어 자기가 가지고 갈 수 있을 만큼 금화를 싼 뒤 어깨에 메고 시내로 갔습니다. 시내의 여관에 도착한 아파나시는 가지고 간 금화를 주인에게 맡기고 나머지를 또 가지러 갔습니다. 금화를 다 옮기자, 이번에는 상인을 찾아가서 시내의 땅을 샀습니다. 그런 다음 돌과 나무를 사 들이고 일꾼을 얻어 집 세 채를 짓기 시작했습니다.

이렇게 석 달 동안을 시내에서 지내면서 아파나시는 집 세 채를 다 지었습니다. 한 채는 과부와 고아 들을 위한 양육원이고, 또 한 채는 병자와 불구자 들을 위한 병원이고, 나머지 한 채는 순례자와 가난한 사람 들이 묵을 집이었습니다. 그리고 아파나시는 믿음이 깊은 세 노인을 골라서 한 분은 양육원, 한 분은 병원, 나머지 한 분은 순례자의 집을 보살피도록 했습니다. 그러고도 금화 삼천 냥이 아직 아파나시의 수중에 남아 있었습니다. 그는 그 돈을 세 노인에게 천 냥씩 주어 가난한 사람들에게 나누어 주도록 했습니다.

세 채의 집은 사람들로 가득 찼습니다. 사람들은 아파나시가 이룩해 놓은 일을 칭찬하기 시작했습니다. 이것을 본 아파나시는 기분이 좋아 시내를 떠나고 싶지 않을 정도였습니다. 그러나 아파나시는 동생을 사랑하기 때문에 사람들과 작별을 했습니다. 그리고 시내에 올 때 입고 온 헌옷 그대로 입고 돈 한 푼 없이 자기 집으로 돌아갔습니다.

아파나시는 자기가 살던 산 가까이에 이르자 이렇게 생각했습니다.

'동생이 금화를 보고 놀라서 도망쳐 버린 것은 그릇된 생각이다. 역시 나의 행동이 옳지 않았을까?'

이런 생각을 하자마자 갑자기 눈앞에 무엇이 보였습니다. 전에 형제를 축복해 주던 바로 그 천사가 길 앞에 서서 무서운 눈으로 아파나시를 보고 있었습니다. 아파나시는 정신을 잃고 이렇게 말했습니다.

"왜 그러십니까, 주여?"

천사는 입을 열고 말했습니다.

"여기서 떠나라. 너는 동생과 같이 여기서 살 자격이 없다. 네 동생이 금화를 보고 도망친 행동은 네가 금화로 이룩한 일보다 값진 것이다."

그래서 아파나시는 수많은 가난한 사람과 순례자에게 먹을 것을 준 일, 수많은 고아들을 돌보아 준 일을 천사에게 말했습니다. 그러나 천사는 말했습니다.

"그건 너를 유혹하기 위해서 금화를 갖다 놓은 마귀가 너에게 가르쳐 준 말이다."

그러자 아파나시는 양심을 속일 수가 없었습니다. 그는 자기가 한 일이 하느님을 위한 길이 아니었다는 것을 깨닫고 울면서 뉘우치기 시작했습니다. 그때 천사가 옆으로 비켜나며 길을 열어 주었습니다. 그 길에는 형을 기다리는 요한이 서 있었습니다.

그 후로 아파나시는 금화를 던져 주는 마귀의 유혹에 넘어가지 않았습니다. 그리고 하느님과 사람을 돕는 길은 금이 아니라 오직 일로써만 할 수 있다는 것을 깨닫게 되었습니다. 그래서 두 형제는 그전처럼 일을 하며 살아갔습니다.

# 두 노인

그랬더니 그 여자는 "과연 선생님은 예언자이십니다. 그런데 우리 조상은 저 산에서 하느님께 예배드렸는데 선생님네들은 예배드릴 곳이 예루살렘에 있다고 합니다." 하고 말하였다. 예수께서는 이렇게 말씀하셨다. "내 말을 믿어라. 사람들이 아버지께 예배를 드릴 때에 '이 산이다.' 또는 '예루살렘이다.' 하고 굳이 장소를 가리지 않아도 될 때가 올 것이다. 너희는 무엇인지도 모르고 예배하지만 우리는 우리가 예배드리는 분을 잘 알고 있다. 구원은 유다인에게서 오기 때문이다. 그러나 진실하게 예배하는 사람들이 영적으로 참되게 아버지께 예배를 드릴 때가 올 터인데 바로 지금이 그때다. 아버지께서는 이렇게 예배하는 사람들을 찾고 계신다."                    (요한 복음서 4:19-23)

1

두 노인이 옛 예루살렘으로 순례를 떠나기로 했습니다. 한 사람은 예핌 따라쇠치 셰벨료프라는 부자 농부였고 다른 한 사람은 돈이 그다지 많지 않은 옐리세이 보드로프라는 노인이 었습니다.

예핌은 착실한 농부였으며, 술 담배를 입에 대지 않는 것은 물론 냄새조차 맡지 않았습니다. 욕이라곤 일생 동안 한 번도 해 본 적이 없고 모든 일에 엄격하고 철저했습니다. 그는 두 번이나 이장을 지내면서 단 한 푼도 모자람이 없이 일을 마쳤 습니다. 두 아들과 장가든 손자까지 있는 많은 식구였지만 모 두가 함께 살고 있었습니다. 그는 아주 건강했으며 턱수염을 텁수룩하게 기르고 등도 구부러지지 않았습니다. 일흔 살인데 도 이제 겨우 흰 수염이 나기 시작할 정도였습니다.

옐리세이는 부자도 가난뱅이도 아닌 노인이었습니다. 젊을 때는 목수일로 살았으나, 나이가 들면서부터는 집에서 꿀벌을 치며 살기 시작했습니다. 한 아들은 먼 곳으로 벌이를 떠났고, 다른 아들은 집일을 돌보고 있었습니다. 옐리세이는 마음씨 좋고 명랑한 사람이었습니다. 술도 마시고 담배도 피우고 노 래도 잘 불렀으나 워낙 사람이 착해서 집안 식구나 이웃하고 사이좋게 지냈습니다. 그는 작달막한 키에 얼굴빛이 거무스름 한 농부로 곱슬곱슬한 턱수염을 기르고 있었는데, 그 모습은 마치 같은 이름을 가진 구약성서의 예언자 엘리세이와 흡사한 대머리였습니다.

두 노인이 함께 순례를 떠나자고 약속한 것은 아주 오래 전이었습니다. 그러나 따라쉬치가 늘 바빠서 일이 끝나지를 않았습니다. 한 가지 일이 끝났는가 하면, 뒤이어 다른 일이 생겼습니다. 손자의 결혼식을 치르고 나면 또 막내가 군에서 제대를 해 돌아오는 날이 기다리고, 거기다 이번에는 새 집을 지을 일이 기다리고 있었습니다.

어느 축제일에 두 노인은 우연히 만나 통나무 위에 나란히 걸터앉았습니다.

"어때? 이젠 성지 순례를 떠날 때가 되지 않았나?"
하고 엘리세이가 말했습니다.

그러자 예핌이 얼굴을 찌푸리며 말했습니다.

"아니, 좀더 기다려 줘야겠어. 올해는 일이 잘되지를 않아. 집을 짓기로 계획했을 때는 그저 100루블 정도로 충분할 줄 알았는데, 벌써 300루블이나 들었는데도 아직 멀었어. 아무래도 여름까지 끌 것 같아. 글쎄, 주님의 뜻이라면 이번 여름에는 틀림없이 떠날 수 있겠지."

"내 생각으로는 그렇게 자꾸 미룰 게 아니라 이젠 떠나야 할 것 같아. 봄철이라 지금이 가장 좋을 때이고……"
하고 엘리세이가 말했습니다.

"때는 좋지만 일단 시작한 일을 그냥 두고 떠날 수야 있나?"

"아니, 자네 집에는 일 맡길 사람이 그렇게도 없나? 아들이 다 알아서 할 텐데 뭘 그러나."

"하긴 뭘 해! 큰자식놈이라고 어디 믿을 수가 있어야지. 술이나 퍼마실 줄 알지."

"어차피 우리가 먼저 죽을 건데 우리가 떠나도 저희들끼리 잘 살아갈 거야. 자네 아들도 그래. 일은 지금부터 배워서 익혀야지."

"그건 그렇지만. 다 짓는 걸 내 눈으로 보고 싶단 말이야."

"아이고, 이 사람아! 이런저런 일들을 모두 끝내자면 한이 없지. 바로 조금 전에도 축제일이 가까웠다고 우리 집 여자들이 빨래를 한다, 집 안을 치운다, 그런저런 일로 아주 난리가 났었다네. 그런데 우리 큰며느리가 참 영리하게도 이런 말을 하더군. '축제일이 우리를 기다리지 않고 빨리 다가오니까 그래도 다행이지요. 그렇지 않으면 암만 일을 해도 다 끝내지 못할 건데요.'라고 말이야."

예핌은 생각에 잠기더니 이렇게 대꾸했습니다.

"그렇지만 집 짓는 일로 돈을 너무 써 버렸어. 빈손으로 먼 길을 떠날 수도 없고. 한두 푼 가지곤 어림도 없을 테고…… 그래, 100루블은 있어야 할 텐데."

옐리세이는 웃으며 말했습니다.

"벌 받을 소리 말게. 자네 재산은 나보다 열 배나 많으면서 돈 걱정을 하다니. 그런 걱정은 말고 언제 떠날지나 생각해 보게. 나는 돈이라곤 한 푼도 없지만 그래도 어떻게든 마련되 겠지."

예핌은 싱긋 웃으며 물었습니다.

"거참, 대단한 부자일세. 돈은 어디서 마련할 셈인가?"

"난 집안에 있는 돈을 모두 긁어모을 작정이네. 그래도 모자 라면 밖에 늘어놓은 벌통을 열 개쯤 팔면 될 테지. 옆집에서 전부터 사려고 했으니까 말야."

"팔고 난 뒤 꿀벌들이 많이 몰려드는 좋은 계절이 오면 속이 상할 텐데."

"속이 상한다고?! 그런 말은 아예 말게! 이 세상에 속상 할 일은 죄짓는 것밖에 없어. 영혼보다 귀중한 것이 어디 있 겠나?"

"하긴 그래. 그래도 역시 집일을 잘 정리해 두지 않으면 아 무래도 불안해서."

"그런 일보다 더 나쁜 것은 영혼을 바로잡지 못하는 일이라 네. 어떻든 약속대로 떠나도록 하세! 이번에는 꼭 떠나도록 하세."

2

옐리세이는 이렇게 친구를 설득했습니다. 예핌은 밤새워 생각한 뒤, 다음 날 아침 일찍 옐리세이를 찾아가서 말했습니다.

"좋아, 떠나도록 하세. 자네 말이 맞아. 사는 것도 죽는 것도 모두 하느님의 뜻일세. 살아서 기운 있을 때 순례를 떠나기로 하세."

일 주일 동안 두 노인은 떠날 채비를 끝냈습니다. 예핌은 저축한 돈이 많았습니다. 그는 여비로 100루블은 자기가 지니고, 늙은 아내에게 200루블을 맡겼습니다.

옐리세이도 채비를 했습니다. 밖에 늘어놓은 벌통 중에서 열 개를 옆집에 팔고, 또 거기서 생기는 애벌도 함께 주기로 약속했습니다. 그래서 70루블의 돈을 마련했습니다. 나머지 30루블은 온 집안 식구들에게서 싹싹 긁어모았습니다. 늙은 아내는 죽을 때를 위해 모아 둔 돈을 모두 털어 놓았고, 며느리도 비상금을 내놓았습니다.

예핌 따라쉬치는 맏아들에게 집일을 모두 맡겼습니다. 풀은 어디서 얼마 정도를 베어야 하고, 거름은 어디로 나를 것이며, 새 집 짓는 일은 어떻게 끝내야 하고, 지붕은 어떤 모양으로 올릴 것인지, 집안일을 하나도 빠뜨리지 않고 지시했습니다.

그러나 옐리세이는 팔아 버린 벌통에서 깐 애벌은 따로 모아서 그대로 옆집 주인에게 주라고 아내에게 말했을 뿐입니다.

집일에 관한 것은 아무 지시도 내리지 않았습니다. 일을 어떻게 해야 하는지는 그 일을 맡게 되면 저절로 알게 될 것이며, 그들도 주인이니 자기가 할 일은 자기가 잘 알아서 하라는 식이었습니다.

두 노인은 채비를 끝냈습니다. 식구들은 과자도 굽고 자루도 만들고, 각반(러시아 농민이 양말 대신 발에 감는 것—옮긴이)을 새로 마름질하고 장화도 새로 만들었습니다.

갈아 신을 수피화(樹皮靴, 나무껍질로 만든 러시아식 신발—옮긴이)까지 예비로 준비한 노인들은 드디어 길을 떠나게 되었습니다. 식구들이 동구 밖까지 나와 전송하고 두 노인은 여행을 시작했습니다.

옐리세이는 마음이 들떠서 첫걸음을 내디뎠습니다. 그는 마을에서 멀어지자 집일 따위는 까마득히 잊어버렸습니다. 그는 그저 여행하는 동안 친구에게 기분 좋게 해주자, 아무에게도 무례한 말은 하지 말자, 평화와 사랑 속에서 목적지에 도착하고 또 집으로 돌아오자, 이런 생각으로만 꽉 차 있었습니다. 옐리세이는 입속으로 기도문을 외거나 자기가 알고 있는 성인의 일생을 암송하며 길을 걸었습니다. 도중에 만나는 사람에게나 여인숙에 들어서도 남에게 친절히 대하기로 마음먹고 항상 하느님의 뜻에 맞는 말만을 하기로 작정했습니다. 걸어가면서도 아주 기분이 좋았는데, 오직 한 가지만은 어쩔 수 없었습니다.

코담배를 끊으려고 담뱃갑을 집에 두고 떠났는데 그 생각이 간절해졌습니다. 마침 도중에 어느 사람에게서 얻은 것이 있어 친구에게 유혹이 되지 않게 뒤처져 코담배 냄새를 맡곤 했습니다.

예핌 따라식치도 기분이 좋은 듯 활기차게 걸었습니다. 나쁜 짓이라곤 전혀 하지 않았으며 한마디도 쓸데없는 말을 지껄이는 일이 없었습니다. 그러나 마음은 편안하지 못했습니다. 한시도 집안 걱정이 그의 머리를 떠난 적이 없었습니다. 집안일이 어떻게 되어 가나 그 생각뿐이었습니다. 뭔가 아들에게 지시할 것을 빠뜨리지는 않았는지, 아들이 시킨 대로 잘해 가고 있는지 궁금했습니다. 가는 도중 감자를 심거나 거름을 운반하는 사람을 볼 때면 자기 집에서도 아들이 시킨 대로 잘하고 있는지 걱정이 되었습니다. 그래서 그만 집으로 돌아가 자기 손으로 모든 일을 해 보여 주었으면 하는 생각이 드는 것이었습니다.

3

두 노인은 계속 다섯 주일을 걸었습니다. 집에서 신고 온 수피화도 다 떨어져서 새로 사야만 했습니다. 이 무렵 그들은 소러시아(지금의 우끄라이나를 말함─옮긴이) 지방까지 갔습니다. 집을 떠나니 잠자는 것도 먹는 것도 모두 돈을 내야 했는데,

이 지방에 들어서니 모두들 다투어 두 노인을 자기 집에 초대
했습니다. 재워 주고 잘 먹여 준 뒤 돈도 받지 않고, 거기다 가
는 도중 먹으라고 빵과 과자를 자루 속에 넣어 주기도 하였습
니다. 이렇게 두 노인은 별 어려움 없이 700베르스따(1베르스
따는 1,067킬로미터—옮긴이)를 걸어갔습니다.

　다시 한 현을 지나서 흉년이 든 지방에 이르게 되었습니다.
그 지방에서는 잠은 그냥 재워 줬지만 먹을 것은 하나도 주지
않았습니다. 어디에 가도 빵을 주지 않았고 어떤 때는 돈을 주
고도 빵을 살 수가 없었습니다. 그들의 말에 의하면 지난해에
심한 흉년이 들었다는 것입니다. 부자는 가진 물건들을 다 팔

아먹어 빈털터리가 되었고, 중류층은 아무것도 남은 것이 없었으며, 가난한 사람은 다른 지방으로 떠나든지 구걸을 하든지, 아니면 마을에서 근근이 하루하루를 보내고 있는 형편이라고 했습니다. 겨울에는 밀기울(밀을 빻아 체로 쳐서 남은 찌꺼기—옮긴이)과 명아주로 끼니를 이었다는 것입니다.

어느 날 두 노인은 작은 마을에서 빵을 15푼뜨(1푼뜨는 409.5그램—옮긴이)쯤 사고 하룻밤을 묵은 뒤, 새벽 일찍 길을 떠났습니다. 더워지기 전에 조금이라도 더 많이 가려는 생각이었습니다. 10베르스따쯤 걸은 뒤 어느 시냇가에 도착했습니다. 그곳에 앉아 컵으로 물을 떠서 빵을 축여 가며 배부르게 먹은 뒤

수피화를 갈아 신었습니다. 잠시 동안 앉아서 쉬는 사이에 옐리세이는 담뱃갑을 꺼냈습니다. 그것을 보고 예핌은 머리를 저으며 말했습니다.

"어째서 그 나쁜 버릇을 못 버리나!"

옐리세이는 어쩔 수 없다는 듯 한 손을 저으며 대답했습니다.

"나는 죄에 빠져 버렸네. 어쩔 수가 없어."

두 사람은 일어나 다시 걷기 시작했습니다. 그곳에서 10베르스따 정도 더 가서 큰 마을에 이르렀습니다. 그 마을을 다 지났을 때는 이미 햇볕이 너무나 뜨거워져 있었습니다. 옐리세이는 너무 피곤해 잠깐 쉬면서 물이라도 좀 마시고 싶었습니다. 그러나 예핌은 쉬려 하지 않았습니다. 예핌은 잘 걸었습니다. 그래서 옐리세이는 그를 따라가기가 무척 힘들었습니다.

"물 좀 마셨으면 좋겠어."

"마시게. 나는 괜찮아."

옐리세이는 발길을 멈추고 말했습니다.

"그럼 자네 먼저 가게. 나는 저 집에 가서 물 좀 얻어 마시고 뒤쫓아 갈 테니."

"그렇게 하게."

이렇게 말하고 예핌은 혼자 길을 걸어가고, 옐리세이는 농가 쪽으로 돌아섰습니다.

옐리세이가 농가 가까이에 가 보니 그것은 작은 흙벽집이었습니다. 위쪽은 희고 아래쪽은 검은 집이었는데 아마 오랫동안 손보지 못한 모양인지 칠이 벗겨져 있었습니다. 지붕도 한쪽이 허물어지고 없었습니다. 마당에서 농가로 들어가는 입구가 나 있어 옐리세이는 마당으로 들어갔습니다.

그때 토담 밑에 누워 있는 한 남자가 보였습니다. 턱수염도 없는 비쩍 마른 남자는 소러시아식으로 셔츠 자락을 바지 속에 넣고 있었습니다. 이 사람은 아마 처음에는 시원한 그늘을 찾아 누운 것으로 짐작이 되는데, 지금은 햇볕이 바로 위에서 내리쬐고 있었습니다. 그런데 그 사람은 누운 채 잠들어 있는 것도 아니었습니다. 옐리세이가 물 좀 마실 수 없느냐고 물었지만 그는 아무 대답도 하지 않았습니다.

'병에라도 걸렸든지 아니면 꽤 무뚝뚝한 사람인가 보다.'

옐리세이는 그렇게 생각하며 문 쪽으로 갔습니다. 그때 집 안에서 어린애 울음소리가 들려왔습니다. 옐리세이는 문고리로 덜컹덜컹 소리를 내면서 말했습니다.

"주인 계십니까?"

그러나 아무 대답이 없었습니다.

"안녕하십니까?"

하고 말해도 꿈쩍도 하지 않았습니다.

"아무도 안 계십니까?"

그래도 역시 아무 대답이 없었습니다. 그런데 옐리세이가 막 떠나려고 할 때 문 앞에서 누군가의 신음 소리 같은 것이 들려왔습니다.

'무슨 불행한 일이라도 생긴 것이 아닐까? 한번 알아보고 떠나야지!'

그렇게 생각하고 옐리세이는 집 안으로 들어섰습니다.


4

옐리세이가 문고리를 돌려 보니 문은 잠겨 있지 않았습니다. 문을 열고 현관에 들어서니 집 안으로 통하는 문이 열려 있었습니다. 왼쪽에 난로가 있고, 곧바로 보이는 쪽이 윗자리였습니다. 그 구석에는 성상과 탁자가 놓여 있고 탁자 앞에는 걸상이 있었습니다. 걸상에는 셔츠만 입은 할머니가 머리에 스카프도 쓰지 않고 앉아서 머리를 탁자 위에 올려놓고 있었습니다. 그 옆에는 몸이 여위고 배만 볼록하게 튀어나온, 얼굴이 밀랍처럼 창백한 남자아이가 앉아서 할머니의 옷소매를 잡아당기며 목청껏 소리 내어 무언가 조르고 있었습니다.

옐리세이가 방 안으로 들어가자 고약한 냄새가 코를 찔렀습니다. 난로 저쪽 침대 위에 한 여자가 누워 있는 것이 보였습니다. 여자는 이쪽을 보려고도 하지 않고 엎어져서 목쉰 소리만 내며 한쪽 다리를 오므렸다 폈다 하고 있었습니다. 몸에서는 코를 찌르는 듯한 악취를 풍기고 이리저리 뒤척이며 괴로

위하고 있는 것이었습니다. 여자는 대소변을 못 가리는 모양인데 아마도 뒤처리를 해줄 사람이 아무도 없는 것 같았습니다. 할머니가 문득 고개를 들고 낯선 사람을 쳐다보았습니다.

"당신은 누구요? 무슨 일로 왔어요? 무엇이 필요해서 왔어요? 누군지 모르지만 우리 집엔 아무것도 없다오……"

옐리세이는 할머니의 말을 알아듣고 그 옆으로 다가서며 말했습니다.

"할머니, 물을 좀 얻어 마시려고 들렀습니다."

"아무것도 없다고 했잖소. 물 떠 올 사람이 아무도 없어요. 직접 가서 떠 마시도록 해요."

"어찌 된 일입니까? 이 집엔 건강한 사람이 한 명도 없는 모양이지요? 이 아주머니를 돌볼 사람도?"

하고 옐리세이가 물었습니다.

"아무도, 아무도 없소. 마당에서 한 사람이 죽어 가고 우리도 여기서 이렇게……"

낯선 사람을 보자 잠시 동안 입을 다물고 있던 남자아이는 할머니가 말하는 것을 보고는 다시 소매를 잡고 울기 시작했습니다.

"빵 줘. 할머니, 빵 줘!"

옐리세이가 할머니에게 또 말을 물으려고 하는데 밖에 있던 남자가 비틀거리며 집 안으로 들어왔습니다. 그는 벽을 짚고 걸어가 의자에 앉으려 했으나 그러지도 못하고 문간 한구석에 기대듯이 쓰러지고 말았습니다. 그리고 일어나려고도 하지 않고 말하기 시작했습니다. 그는 한마디 하고는 쉬고, 또 한마디 하고는 숨을 몰아쉬면서 말을 이어 갔습니다.

"전염병에 걸렸어요. 거기다 흉년까지 들어서…… 저 애도 배가 고파 다 죽게 됐어요!"
하고 그는 턱으로 남자아이를 가리키며 울기 시작했습니다.

옐리세이는 등에 지고 있는 자루를 치켜 올려 어깨 끈에서 두 팔을 뽑았습니다. 그리고 자루를 내려서 걸상 위에 올려놓고 끌렀습니다. 자루를 열고 빵과 칼을 꺼내서 농부에게 한 조각 잘라 주었습니다. 그 사람은 빵을 받지 않고 남자아이와 여자아이 쪽을 가리켰습니다. 그들에게 주라는 뜻입니다. 옐리세이는 남자아이에게 빵을 주었습니다. 빵임을 예감한 남자아이는 몸을 뻗쳐 두 손으로 빵을 움켜쥐고 거기에 코와 입을 처박았습니다. 그러자 난로 구석에서 한 여자아이가 기어 나와 빵을 뚫어지게 쳐다보았습니다. 옐리세이는 그 애한테도 한 조각을 주었습니다. 그리고 할머니에게도 한 조각 잘라 주었습니다. 할머니는 그것을 받아 들고 정신없이 먹었습니다.

"물을 좀 떠다 주면 고맙겠는데, 우린 입술이 다 말라 버렸다오. 어젠지 오늘인지 내가 물을 길러 갔었지요. 그런데 다 오지도 못하고 쓰러져 버렸다오. 누가 가져가지 않았다면 물통이 거기 그냥 있을 텐데."

하고 할머니는 말했습니다.

옐리세이는 우물이 어디에 있는지 물었습니다. 할머니가 자세히 일러준 대로 가자 물통이 있었습니다. 물을 길어서 모두가 마시도록 했습니다. 할머니와 아이들은 물과 빵을 먹었지만 남자는 먹으려 하지 않고 생각이 없다고 했습니다. 여자는 아예 몸을 일으키려고도 하지 않고 그냥 정신없이 침대 위에서 몸부림만 치고 있을 뿐이었습니다. 옐리세이는 마을의 가게로 가서 옥수수와 소금, 밀가루, 버터를 사 왔습니다. 그리고 도끼를 찾아 장작을 패 난로에 불을 지폈습니다. 여자아이가 도와주었습니다. 그리하여 옐리세이는 수프와 죽을 끓여 모두에게 먹였습니다.


5

주인 남자도 조금 먹었고 할머니도 먹었습니다. 여자아이와 남자아이는 그릇 바닥까지 깨끗이 핥아먹고 난 뒤 서로 껴안고 잠들어 버렸습니다. 농부와 할머니는 이렇게 된 사정을 이야기했습니다.

"우리는 지금까지 잘살지는 못했지만 그럭저럭 밥은 먹고 살아왔어요. 그런데 지난 흉년으로 추수한 것이 없어서 가을부터는 남아 있던 양식으로 연명했지요. 나중엔 그것도 다 떨어져 이웃과 친절한 분들에게 빌리게 되었답니다. 처음엔 더러 꾸어 주기도 했지만 나중엔 거절을 당하게 됐지요. 어떤 사람은 꾸어 주고 싶긴 하지만 아무것도 없다는 것이었습니다. 저희도 자꾸 꾸러 가기가 부끄러웠어요. 사방에서 돈과 밀가루와 빵을 꾸었으니 말입니다."

농부는 계속해서 말했습니다.

"나는 일을 찾아 나섰지만 어디 일자리가 있어야지요. 생계를 위해 모두들 일자리를 찾아다니는 형편이었습니다. 어쩌다 하루 일하면 그 다음 이틀은 일자리를 찾아 헤매고 다녀야 했어요. 그래서 어머니와 딸아이가 멀리까지 동냥을 다녔지만 누구나 다 빵이 없으니 먹을 걸 제대로 얻을 수가 있겠어요? 그래도 그럭저럭 입에 풀칠은 했습니다. 그런대로 햇보리가 날 때까지 견뎌 보자고 생각했지요. 그런데 봄이 되자 아무도 동냥을 주지 않았어요. 거기다 이렇게 병마까지 덮치더군요. 이젠 형편이 아주 나빠져 하루 먹으면 이틀은 굶게 됐습니다. 나중에는 풀까지 뜯어먹게 되었지요. 그 풀이 잘못되었는지 아니면 무슨 다른 이유가 있었는지 아내가 병에 걸려 쓰러졌어요. 아내는 앓아 누웠고 나도 힘이 다 빠져 버렸으니 앞일이 캄캄합니다."

그러자 할머니가 다시 이야기를 시작했습니다.

"나도 먹고살려고 안간힘을 다해 봤어요. 이젠 먹지 못해 힘도 없고 너무 쇠약해져 버렸지요. 손녀딸도 몸이 너무 약해졌고 거기다 겁까지 집어먹어 이웃에 심부름을 시켜도 가질 않으려 해요. 꼼짝도 않고 구석에만 처박혀 있지요. 엊그제 무슨 볼일이 있는지 이웃 아주머니가 찾아왔다가 모두 굶고 병들어 있는 것을 보고는 도로 나가 버리더군요. 그 아주머니도 남편이 도망쳐 버리고 어린아이들을 먹여 살릴 게 없는 형편이니까요. 그래서 이렇게 죽을 날만 기다리며 누워 있는 참이라오."

엘리세이는 두 사람의 이야기를 듣고 난 뒤 친구를 따라갈 생각을 그만두고 그날부터 그 집에 머물렀습니다.

다음 날 아침 자리에서 일어나자, 엘리세이는 자기가 이 집 주인이나 되듯 집안일을 돌보기 시작했습니다. 할머니와 함께 빵 반죽을 하고 난로에 불을 지폈습니다. 또 여자아이와 함께 근처를 돌아다니며 필요한 물건을 찾아보았습니다. 이것저것 골라 보아도 쓸 만한 것이라곤 하나도 없었습니다. 모두 먹을 것과 바꾸어 버린 것입니다. 살림에 필요한 연장도 없고 걸칠 옷마저도 없는 형편이었습니다. 그래서 엘리세이는 꼭 필요한 물건을 마련하기 시작했습니다. 자기가 직접 만들기도 했고 사 오기도 했습니다.

이리하여 엘리세이는 하루, 이틀, 사흘을 보냈습니다. 남자아이는 건강을 회복하여 가게로 심부름도 다니며 엘리세이를 무척 따랐습니다. 여자아이도 퍽 명랑해졌습니다. 무슨 일이나

거들려고 하였고 항상 "할아버지, 할아버지!" 하며 옐리세이
뒤를 따라다녔습니다. 할머니도 일어나 이웃집으로 나다닐 수
있게 되었습니다. 주인 남자도 벽을 짚고 걸음을 옮길 수 있게
되었습니다. 오직 그의 아내만이 아직도 일어나지 못했습니다.
그러나 그 여인도 사흘째가 되자 정신을 차리고 뭔가 좀 먹고
싶어했습니다. 옐리세이는 그제야 생각했습니다.

'이렇게 오래 걸릴 줄은 몰랐는걸. 이젠 그만 길을 떠나야지.'

6

나흘째 되는 날은 바로 축제일 전날이었습니다. 그래서 옐
리세이는 그들과 같이 전야를 보내고 선물을 좀 사 준 뒤 저녁
나절에 떠나자고 속으로 생각했습니다. 옐리세이는 다시 마을
에 가서 우유와 밀가루와 돼지기름을 사 가지고 왔습니다. 그
리고 할머니와 함께 요리를 만들었습니다.

다음 날 아침에는 교회의 기도식에 참석했습니다. 그 다음
에 집으로 돌아와서 그들과 같이 음식을 맛있게 먹었습니다.
이날은 여자도 자리에서 일어나 슬슬 집 안을 거닐기 시작했
습니다. 주인 남자도 수염을 깎고, 할머니가 빨아 준 깨끗한
셔츠로 갈아입었습니다. 그러고 나서 마을의 잘사는 농부에게
자비를 빌러 갔습니다. 그 농부에게 밭과 풀밭을 저당 잡혔기
때문에 햇보리가 날 때까지 그 밭과 풀밭을 좀 쓰게 해줄 수

없느냐고 부탁하려는 것이었습니다. 저녁 무렵에 어깨가 축 처져서 돌아온 남자는 울기 시작했습니다. 잘사는 농부가 사정도 봐주지 않고 돈을 가지고 오라고 했다는 것입니다.

엘리세이는 다시 생각에 잠겼습니다.

'이 사람들은 이제 어떻게 살아간담? 다른 사람들이 모두 풀 베러 갈 때 이 사람들은 아무 할 일 없이 가만히 있어야 한다. 풀밭이 저당 잡혔으니까. 남들은 쌀보리가 익으면 추수를 할 텐데(정말 잘 영글었더군!), 이 사람들에겐 아무것도 기다릴 것이 없겠구나. 1제샤찌나의 밭을 부잣집에 팔아 버렸으니. 내가 이대로 가 버린다면 이 사람들은 다시 전처럼 길을 잃고 헤매게 될 것이다.'

엘리세이는 여러 가지 생각이 뒤엉켜 그날 저녁 때도 출발을 못하고 다음 날 아침까지 출발을 늦추었습니다. 마당으로 잠을 자러 갔습니다. 밖에서 기도를 드린 뒤 자리에 누웠지만 잠이 오지 않았습니다. 그동안 돈도 시간도 너무 많이 써 버려 이제는 그만 떠나야 하는데도 이 집 사람들이 불쌍해서 그럴 수가 없었기 때문입니다.

'모든 사람을 도울 수는 없을 것 같다. 처음엔 물이나 떠 주고 빵이나 한 조각씩 주고 떠날 생각이었는데 어디까지 가 버린 거야? 이제는 풀밭과 밭을 찾아 주어야만 하게 되었다. 밭을 찾아 주고 나면 그 다음엔 애들을 위해 젖소를 사 주어야

된다. 그리고 주인 남자한테는 곡식단을 나를 말을 사 주어야
될 것이다. 이봐, 옐리세이, 너 아주 호되게 걸렸구나. 일은 벌
여 놓고 어쩔 줄 모르게 되었으니!'

옐리세이는 자리에서 일어나 베개로 쓰던 까프딴을 더듬어
펼쳐 담뱃갑을 꺼내 코담배 냄새를 맡고 생각을 가다듬어 보
려고 했지만 그렇게 되지 않았습니다. 아무리 생각하고 또 생
각해 보아도 신통한 방법이 떠오르지 않았습니다. 떠나긴 떠
나야 할 텐데 이 사람들이 불쌍해서 그럴 수가 없었습니다. 그
는 다시 까프딴을 둘둘 말아서 머리에 베고 누웠습니다. 그렇
게 가만히 누워 있는 동안 어느새 닭이 울고 마침내 깊이 잠들
어 버렸습니다.

그때 갑자기 누군가 옐리세이를 부르는 듯했습니다. 어느
틈에 자기가 떠날 채비를 차리고 있는 듯이 보였습니다. 자루
를 등에 지고 손에는 지팡이를 들었습니다. 그는 문밖으로 나
가려 했습니다. 문이 활짝 열려 있어 혼자 빠져나가기만 하면
되었습니다. 그가 막 나가려 하는데 이쪽 울타리에 자루가 걸
렸습니다. 그걸 떼려니까 이번에는 저쪽 울타리에 각반이 걸
려 다 풀어질 형편이었습니다. 다시 감으려고 하다 보니 그것
은 울타리에 걸린 것이 아니라 여자아이가 다리를 붙잡고 "할
아버지, 할아버지, 빵 좀 줘요!" 하고 외치고 있는 것이었습니
다. 또 발을 내려다보니 남자아이가 각반을 붙잡고 있었습니

다. 할머니와 주인 남자는 창문에서 그를 바라보고 있었습니다. 옐리세이는 잠에서 깨어나 혼자 중얼거렸습니다.

"내일은 밭과 풀밭을 되찾아 주어야지. 또 말도 사 주고 햇보리가 날 때까지 먹을 밀가루도 사고 아이들에게 우유를 먹일 젖소도 사 주자. 그렇게 하지 않는다면 바다 건너 그리스도를 찾아간다 해도 내 안에 있는 그리스도를 잃게 될 것이다. 이 사람들을 돕도록 하자!"

그러고 나서 옐리세이는 아침까지 푹 잤습니다. 아침에 일어나서 잘사는 농부를 찾아갔습니다. 돈을 치르고 호밀밭을 도로 찾아 주었습니다. 그리고 풀밭도 찾아 주었습니다. 집으로 돌아오면서 낫을 사 왔습니다. (그것마저 팔아먹은 것입니다.) 주인 남자는 풀을 베도록 풀밭에 보내고, 옐리세이는 직접 마을 농부네 집을 돌아다니다가 주막집 주인이 파는 수레와 말을 찾아내어 흥정을 해서 샀습니다. 짐수레에 밀가루 한 부대를 사서 싣고 이번에는 젖소를 사러 갔습니다.

가는 동안 소러시아 지방의 두 여자 뒤를 따라가게 되었습니다. 여자들은 열심히 이야기를 하면서 걷고 있었습니다. 소러시아 말로 이야기했지만 옐리세이는 알아들을 수 있었습니다. 그들은 옐리세이에 대해 말하고 있었습니다.

"처음엔 그가 누군지 전혀 몰랐대요. 그저 순례자거니 했답니다. 물을 얻어 마시러 왔다가 그냥 눌러앉았다는 거예요. 오늘도 그분이 주막집에서 짐수레와 말을 사 가는 것을 봤어요. 세상에 그렇게 착한 사람이 있다니, 우리 거기 구경 가지 않겠 어요?"

옐리세이는 자기를 칭찬하는 말을 듣고는 젖소를 사지 않기로 하고 주막집 주인에게로 돌아가서 말값을 치렀습니다. 수레에 말을 맨 뒤 밀가루를 싣고 집으로 향했습니다. 문간에 도착해서 말을 세우고 마차에서 내렸습니다.

그 집 사람들은 말을 보고 놀랐습니다. 자기들을 위해서 말을 샀으려니 짐작은 했지만 자기네들 입으로 그걸 말할 수는 없는 노릇이었습니다. 주인은 문을 열고 물었습니다.

"할아버지, 이 말 어디서 났습니까?"

"샀다네, 마침 싼 게 있어서. 오늘 밤 잘 먹도록 풀을 좀 넣어 주게. 그리고 이 자루도 좀 내려 주게나."

주인 남자는 말을 풀고 밀가루 부대를 창고에 갖다 넣었습니다. 그리고 풀을 한 아름 베어서 구유에 넣어 주었습니다.

이윽고 모두들 잠을 자러 갔습니다. 옐리세이는 집 밖에서 자기로 했습니다. 저녁 전에 벌써 자기 자루를 밖에다 내놓은 것입니다. 집안 사람들이 모두 잠들자, 옐리세이는 자루를 짊어지고 수피화를 신은 뒤 까프딴을 걸치고 예핌의 뒤를 따라 길을 나섰습니다.

7

옐리세이가 5베르스따쯤 갔을 때 날이 밝아 왔습니다. 그는 나무 밑에 앉아 자루를 열고 남은 돈을 세어 보았습니다. 17루 블 20까뻬이까가 남아 있었습니다.

'가만있자, 이 돈으로는 바다 건너 긴 여행을 할 수가 없다. 그렇다고 주님의 이름을 팔아 돈을 구걸하기는 싫다. 그러다 가 잘못해서 죄라도 지으면 큰일이야. 예핌이 혼자 가서 내 몫 까지 촛불을 밝혀 주겠지. 나는 이제 죽을 때까지 다시는 성지 순례를 떠날 수 없을 것 같군. 하지만 자비로우신 주님께서는 고맙게도 용서해 주실 거야.'

옐리세이는 자리에서 일어서 자루를 짊어지고 오던 길을 되 돌아갔습니다. 그 마을을 지날 때는 누구의 눈에도 띄지 않게 멀리 돌아서 갔습니다.

이리하여 얼마 후에 옐리세이는 무사히 집에 도착했습니다. 예루살렘을 향해 갈 때는 걷기가 무척 힘들어 예핌을 따라가 기가 어려울 것 같았는데 돌아올 때는 하느님이 도우셨는지 아무리 걸어도 지치지 않았습니다. 그는 나들이라도 가듯 지 팡이를 휘두르며 하루에 70베르스따씩이나 걸을 수 있었습 니다.

옐리세이가 집에 도착했을 때, 마침 식구들이 들일을 끝내 고 집에 돌아왔습니다. 식구들은 노인이 돌아온 것을 무척 기뻐하며 모두들 이것저것 물어보았습니다. 구경은 잘했는지, 왜 예핌과 헤어지게 됐으며, 왜 목적지까지 가지 않고 그냥 돌아왔는지 물었습니다. 그러나 옐리세이는 자세히 이야기하려 들지 않았습니다.

"아니, 주님이 인도해 주시지 않았어. 도중에 돈을 잃어버리고, 예핌을 놓쳐 버렸지. 그래서 갈 수가 없었어. 어떻든 내 잘못이니 너무 나무라지는 마라!"

그는 남은 돈을 할멈에게 주었습니다. 그리고 옐리세이는 집안 형편을 이것저것 물어보았습니다. 모든 일이 다 잘되어 가고 있었습니다. 일은 밀리지 않고 처리되었고 식구들도 모두 화목하게 지내고 있었습니다.

그날 예핌의 가족들이 옐리세이가 돌아왔다는 말을 듣고 자기네 노인의 소식을 물으러 왔습니다. 옐리세이는 그들에게 이렇게 말했습니다.

"예핌은 무사히 잘 갔네. 나하곤 베드로 축제일 사흘 전에 헤어졌지. 나는 뒤쫓아 갈 생각이었는데 이런 일이 생겼어. 돈을 잃어버려 갈 돈이 모자라 그냥 돌아온 거지."

사람들은 좀 놀랐습니다.

'그리도 똑똑한 사람이 성지 순례를 떠났다가 중간에 돈만 낭비하고 돌아오다니, 왜 그렇게 바보짓을 했을까?' 하고 의아해했으나 곧 잊어버렸습니다.

그리고 그 일은 차차 잊혀지게 되었습니다. 옐리세이 자신도 잊어버리고 다시 일을 시작했습니다. 아들과 함께 겨울을 지낼 땔나무를 장만하고 아낙네들과 같이 곡식을 빻기도 했습니다. 창고에 지붕을 새로 올리기도 하고 꿀벌의 월동 준비도 해주었습니다. 벌통 열 개는 새로 깐 애벌과 함께 옆집으로 보냈습니다. 아내는 이미 돈을 받은 통나무에서 깐 애벌의 수를 속이려 했습니다. 그러나 옐리세이는 어떤 통이 빈 것인지, 어떤 통에서 새끼를 깠는지 모두 알고 있었습니다. 그래서 열 통이 아니라 열일곱 통을 옆집에 줬습니다. 가을걷이를 다 끝내고 옐리세이는 아들들을 일하러 보냈습니다. 그리고 자기는 겨우내 집에서 수피화를 삼고 꿀통으로 쓸 통나무 속을 파내면서 나날을 보냈습니다.

8

옐리세이가 아픈 사람이 있는 농가에 들르던 날, 예핌은 온종일 친구가 오기를 기다렸습니다. 그는 조금 가다가 길가에 앉아서 한참 동안 기다렸습니다. 그러다가 깜박 잠이 들었습니다. 그리고 눈을 뜨고 나서 잠시 앉아 다시 친구를 기다렸지만 오지 않았습니다. 눈을 크게 뜨고 주위를 둘러보니 벌써 해가 기울어 가는데 옐리세이는 나타나지 않았습니다.

'내가 깜박 잠든 새 그냥 지나친 게 아닐까? 남의 짐수레를 얻어 타고 나를 못 본 채 여기를 지나간 게 아닐까? 그렇지만 못 볼 리가 없는데. 넓은 벌판이라 멀리까지 훤히 내다보이는 걸. 내가 다시 돌아가면 옐리세이는 앞서 가 버려 더 크게 어긋날 수도 있지. 나도 앞으로 가는 것이 옳아. 여인숙에서 만날 수 있을 거야.'

다음 마을에 이르자, 그는 이장에게 이러이러한 할아버지가 여기 오면 자기가 있는 여인숙으로 보내 달라고 부탁했습니다. 그러나 옐리세이는 그 여인숙에도 끝내 나타나지 않았습니다.

예핌은 다시 앞을 향해 길을 떠났습니다. 만나는 사람마다 이러이러한 대머리 영감을 보지 못했느냐고 물어보았습니다. 그러나 보았다는 사람이 아무도 없었습니다. 예핌은 어처구니 없어 하며 혼자서 계속 길을 갔습니다.

'그래, 오제싸 근처에 가면 만나게 될 거야. 배 안에서 만나 든지.'

그는 더 생각하지 않기로 했습니다.

예핌은 길을 가다가 한 순례자를 만났습니다. 그는 수도복을 입고 수도모를 썼으며, 머리가 길게 자라 있었습니다. 아폰에 간 적도 있고, 이번이 예루살렘에 두 번째로 가는 길이라고 했습니다. 두 사람은 어떤 여인숙에서 만나 여러 가지 이야기를 나눈 뒤 동행이 되었습니다.

그들은 오제싸까지는 무사히 도착했습니다. 두 사람은 꼬박 사흘 동안 배를 기다렸습니다. 순례자들이 세계 곳곳에서 숱하게 모여들어 기다리고 있었습니다. 거기서 예핌은 다시 옐리세이에 대해 물어보았습니다. 그러나 본 사람이 아무도 없었습니다.

예핌은 5루블을 내고 외국 여행 허가장을 받았습니다. 그리고 왕복 배 삯 40루블을 지불한 뒤 도중에 먹을 빵과 청어를 샀습니다.

이윽고 배가 짐을 싣고 순례자들을 본선에 태웠습니다. 예핌도 그 순례자와 함께 탔습니다. 닻을 끌어올리고 배는 해안을 벗어나 큰 바다로 나갔습니다. 그날의 항해는 무사했습니다. 그러나 저녁 때부터 바람이 일고 비가 내리기 시작했습니다. 배는 흔들리기 시작했고 바닷물이 갑판을 휩쓸었습니다. 사람들이 갑자기 공중으로 솟아오르더니 여자들이 큰 소리로 울부짖었습니다. 남자 중에도 심장이 약한 사람은 배 안에서 허둥대며 안전한 장소를 찾기 시작했습니다. 예핌도 두렵기는 했지만 겉으로 드러내지는 않았습니다. 그는 배에 오르자마자 땀보프에서 온 농부들과 함께 마룻바닥에 앉아 있었습니다. 앉은 자세 그대로 그날 밤과 다음 날 하루 종일을 보냈습니다. 오직 자기 자루만 움켜쥔 채 말은 한마디도 하지 않았습니다. 사흘째가 되자 겨우 폭풍이 멎었습니다.

닷새째 되는 날 콘스탄티노플에 도착했습니다. 어떤 순례자들은 육지로 올라가, 지금은 터키에 점령되어 있는 성 소피아 대성당을 구경하고 다녔습니다. 그러나 예핌은 육지에 오르지 않고 그대로 배에 남아 있었습니다. 그저 흰빵만 조금 샀을 뿐입니다.

배는 만 하루를 항구에 머무른 뒤 다시 넓은 바다로 나갔습니다. 그리고 스미르나 항과 알렉산드리아 항구에 또 머무른 뒤에 마침내 무사히 야파에 도착했습니다. 야파에서 순례자들은 모두 내렸습니다. 여기서 70베르스따쯤 걸으면 예루살렘입니다. 배에서 내릴 때도 위험한 일이 있었습니다. 높은 갑판에서 아래 보트로 뛰어내려야 했습니다. 보트는 계속 흔들리고 있었습니다. 조금만 잘못해도 보트에 떨어지지 않고 바다 속에 떨어질 수도 있었습니다. 두 사람이 물에 빠져서 건져 냈지만, 어쨌든 모두 무사히 내렸습니다.

배에서 내리자 모두들 걸어서 떠났습니다. 사흘째 되는 날 점심나절에 예루살렘에 도착했습니다. 그들은 교외에 있는 러시아인 여인숙에 여장을 풀고, 여권 뒷면에 도장을 받았습니다. 그 다음 식사를 하고 예핌은 순례자와 성지 순례를 갔습니다. 바로 그리스도의 관을 볼 수 없었기 때문에 대주교 수도원으로 갔습니다. 참배자들은 모두 그리로 모이게 했습니다. 남자와 여자는 따로 앉혔습니다. 신발을 벗은 뒤 둥글게 둘러앉으라고 했습니다. 그때 한 신부가 수건을 들고 나와 사람들의 발을 닦기 시작했습니다. 발을 씻고 닦아 준 뒤 입을 맞추고 하면서 그런 식으로 쭉 한 바퀴를 돌았습니다. 예핌의 발도 닦아 준 다음 입을 맞춰 주었습니다. 예핌은 저녁 미사와 아침 미사에 참석하여 기도를 드리고, 죽은 부모님을 위해 촛불을 올려 미사를 드렸습니다. 그때 성찬과 포도주가 나와서 먹었습니다.

이튿날 아침 이집트의 마리아가 목숨을 건졌다는 암자로 가서 촛불을 바치고 기도를 드렸습니다. 거기서 아브라함 수도원으로 갔습니다. 그래서 아브라함이 신을 위해 아들을 찔러 죽이려 한 사베크의 동산을 보았습니다. 다음에는 그리스도가 막달라 마리아 앞에 나타난 성지와, 주의 형제 야곱의 교회에도 가 보았습니다. 순례자는 모든 곳을 안내하며 가는 곳마다 여기서는 얼마, 저기서는 얼마 하고 돈을 어느 정도 바쳐야 하는지 일일이 가르쳐 주었습니다.

한낮이 되었을 때 숙소로 돌아와서 식사를 했습니다. 막 잠자리에 들려고 준비를 하는데 순례자가 "앗!" 하고 놀라며 자기 옷을 여기저기 뒤지기 시작했습니다.

"지갑을 도둑맞았다. 틀림없이 23루블 있었는데…… 10루블짜리 두 장하고 잔돈이 3루블……"

순례자는 한탄을 했지만 어쩔 수 없는 일이었습니다. 모두들 잠자리에 누웠습니다.

9

  예픰도 자리에 누웠지만, 의심스러운 생각이 들었습니다.

  '저 순례자는 돈을 도둑맞았을 리가 없다. 처음부터 돈을 가지고 있지 않았던 것 같아. 어느 곳에서도 돈을 바치지 않았으니까. 나한테만 내라고 하고 자기는 한 번도 낸 적이 없어. 게다가 내 돈 1루블까지 빌려 갔는데.'

  이렇게 생각하다가 예픰은 자기 자신을 꾸짖었습니다.

  '내가 왜 남을 의심하고 이러지? 남을 의심하는 것은 죄를 짓는 일이야. 이런 생각은 다시는 하지 말자.'

  하지만 겨우 잊을 만하면 순례자가 돈에 눈독을 들이고 있는 것과 돈지갑을 도둑맞았다고 터무니없이 떠들어 대던 모습이 자꾸만 떠올랐습니다.

  '아니야, 돈은 없었어. 주의를 다른 데로 돌리기 위한 연극일 뿐이야.'

  이튿날 아침 사람들이 부활 대성당에서 거행되는 새벽 미사에 참석하러 갔습니다. 그곳에는 그리스도의 관이 있었습니다. 순례자는 예픰의 곁을 잠시도 떠나지 않고 줄곧 따라다녔습니다.

  그들은 성당에 도착했습니다. 러시아인 외에도 그리스인, 아르메니아인, 터키인, 시리아인, 이렇게 여러 나라에서 많은 순례자들이 모였습니다. 예픰은 다른 사람들과 같이 성스러운 문 안으로 들어갔습니다. 한 신부가 안내를 해주었습니다. 터키인이 지키고 있는 옆을 지나서 그리스도가 십자가에서 내려져 기름을 발랐다는 자리에 이르렀습니다. 그곳에는 굵은 촛불이 아홉 개 켜져 있었습니다. 신부는 일일이 설명을 하며 보여 주었습니다. 예핌은 여기서도 촛불을 바쳤습니다.

다음에는 안내하는 신부의 인도대로 오른쪽 계단으로 올라갔습니다. 십자가 세워진 골고다로 예핌을 안내한 것입니다. 예핌은 거기서도 잠시 기도를 드렸습니다. 그리고 땅이 지옥까지 갈라졌다는 구멍과, 그리스도의 손발이 십자가에 못 박혔다는 곳도 가 보았습니다. 또한 그리스도의 피가 아담의 뼈를 적셨다는 아담의 관도 보았습니다. 그 다음에는 그리스도가 가시관을 쓸 때 앉았다는 바위와, 그리스도가 채찍질을 당할 때 묶인 기둥에도 가 보았습니다. 끝으로 그리스도의 발에 채워진 구멍이 두 개 뚫린 돌도 보았습니다.

안내하는 신부는 그 외에 무언가 다른 곳도 보여 주려 했습니다. 그러나 사람들이 서두르는 바람에 모두 그리스도의 무덤이 있는 동굴로 갔습니다. 그곳에서는 막 다른 교파의 의식이 끝나고, 러시아 정교의 기도식이 시작되었습니다. 예핌도 다른 사람들과 같이 동굴로 갔습니다.

예핌은 순례자와 떨어지고 싶었습니다. 자꾸만 그가 의심스럽다는 생각을 하게 되었기 때문입니다. 그러나 순례자는 예핌 곁에서 떨어지지 않았습니다. 그리스도 관 앞에서 드리는 기도식에도 함께 갔습니다. 두 사람은 조금이라도 관 가까이에 서려 했지만 때는 이미 늦었습니다. 많은 사람들이 꽉 차 있어서 앞으로도 뒤로도 움직일 수가 없었습니다. 예핌은 가만히 선 채로 앞을 보며 기도드렸습니다. 그러면서도 때때로 지갑이 제자리에 있는지 더듬게 되었습니다. 예핌은 마음이 두 갈래였습니다. 하나는 순례자가 자기를 속이고 있다는 생각이고, 다른 하나는 속이는 게 아니라 그가 정말 도둑맞았다면 제발 자기는 그렇게 되지 않기를 바라는 것이었습니다.


10

예핌은 이렇게 선 채로 기도를 드리고 있었습니다. 그는 바로 예수의 관이 있는 작은 교회 안의 앞쪽을 바라보았습니다. 관 위에 서른여섯 개의 등불이 타고 있었습니다. 예핌은 서서 사람들의 머리 너머를 바라보았습니다. 그때 신기한 일이 일어났습니다! 성화가 타고 있는 등불 바로 아래 맨 앞자리에 값싼 모직 까프딴을 입고 있는 작은 노인이 보였습니다. 옐리세이와 같은 대머리에서는 빛이 나고 있었습니다.

'옐리세이를 닮았구먼. 그렇지만 옐리세이가 여기 와 있을 리가 없어. 저 영감이 나보다 먼저 이곳에 도착할 수가 없지. 앞 배가 일 주일 먼저 떠났으니, 저 친구가 나를 앞지를 수는

없어. 또 우리가 탄 배에도 없었고. 내가 순례자들을 샅샅이 살펴보았으니까.'

예핌이 막 그런 생각을 하는데 작은 노인이 기도를 시작하고 머리를 세 번 숙였습니다. 처음에는 맞은편 상단을 향해 절하고, 다음에는 양 옆에 있는 러시아 정교 사람들을 향해 절하는 것이었습니다. 노인이 오른쪽으로 얼굴을 돌렸습니다. 그 바람에 예핌은 분명히 그 얼굴을 알아볼 수 있었습니다. 역시 그였습니다. 틀림없는 옐리세이였습니다. 거무스름하고 곱슬곱슬한 턱수염, 희끗희끗한 구레나룻, 눈썹, 눈, 코, 모든 모습이 영락없는 옐리세이였습니다. 옐리세이 보드로프가 틀림없었습니다.

예핌은 친구를 찾아서 너무나 기뻤습니다. 그러나 어떻게 자기보다 먼저 왔는지 놀라웠습니다.

'보드로프 이 친구, 어떻게 앞쪽으로 잘도 나갔군! 아마 그럴 만한 사람을 만나 안내를 받았을 거야. 그렇지, 출구에서 저 영감을 만나야지. 수도복 입은 순례자를 떼어 버리고 이제 저 친구와 함께 다니면 되겠군. 그렇게 되면 아마 나를 앞자리로 데려가 주겠지.'

하고 예핌은 생각했습니다. 그래서 혹시 옐리세이를 놓칠까 봐 줄곧 그쪽만 바라보고 있었습니다. 드디어 기도식이 끝나고 사람들이 움직이기 시작했습니다. 십자가에 입맞추기 위해 몰려들어 서로 밀치는 바람에 예핌은 옆으로 밀려나게 되었습니다. 그는 또다시 잘못하면 지갑을 도둑맞게 될지도 모른다는 두려운 생각이 들었습니다. 예핌은 지갑을 한 손으로 꽉 잡고 오직 사람들이 덜 붐비는 곳으로 가려고 헤치고 나갔습니다.

예핌은 겨우 덜 붐비는 곳으로 나와 옐리세이를 찾으려고 그 근처를 마구 돌아다녔습니다. 대성당 안에 있는 수도사의 방들에는 여러 나라 사람들이 많이 보였습니다. 그냥 그 자리에서 도시락도 먹고 술도 마시고 잠도 자고 책을 읽는 사람도 있었습니다. 그러나 옐리세이는 어디에도 보이지 않았습니다. 예핌은 숙소에 돌아가 보았지만 거기서도 옐리세이를 찾을 수 없었습니다. 동행한 순례자는 그날 밤 돌아오지 않았습니다. 그는 끝내 1루블을 돌려 주지 않고 어디론가 달아나 버리고 말았습니다. 예핌은 외톨이가 되었습니다.

다음 날 예핌은 땀보프에서 온 노인과 함께 다시 그리스도의 관에 경배 드리러 갔습니다. 그 노인은 배 안에서 동행하게 된 사람이었습니다. 예핌은 또 앞쪽으로 나가려 했지만 이번에도 사람들에게 밀려나 버렸습니다. 그는 기둥 옆에 서서 기도를 드렸습니다. 문득 앞쪽을 보니 이번에도 역시 제일 앞, 성화 밑의 그리스도 관 옆에 옐리세이가 서 있었습니다. 그는 제단 옆의 신부처럼 두 팔을 벌리고 있었습니다. 그의 대머리는 빛나고 있었습니다.

'좋아, 이번엔 절대 놓치지 말아야지.'

하고 예핌은 생각했습니다.

그는 사람들을 헤치고 앞으로 나갔습니다. 그러나 겨우 앞자리에 이르고 보니 엘리세이의 모습이 보이지 않았습니다. 어디로 가 버린 것 같았습니다.

셋째 날에도 눈에 제일 잘 띄는 그리스도 관 옆의 가장 성스러운 자리에 엘리세이가 있는 것을 보았습니다. 그는 두 팔을 벌리고 머리 위에 무엇이 보이는 듯 위를 우러러보고 서 있었습니다. 그의 대머리는 여전히 빛나고 있었습니다.

'됐어, 이번엔 정말 놓치지 말자. 출구에 가 지켜 서 있어야지. 거기라면 어긋날 리 없어.'

예핌은 밖으로 나와 오랫동안 지키고 서 있었습니다. 반나절을 쭉 서 있었지만 다른 사람들은 다 나왔는데도 끝내 엘리세이는 보이지 않았습니다.

예핌은 여섯 주일 동안 예루살렘에 머물며 성지를 두루 돌아보았습니다. 베들레헴에도 갔고, 베다니에도, 요르단 강에도 가 보았습니다. 또 그리스도 관 옆에서 장례 때 입을 새 셔츠에 도장을 찍고 요르단 강의 물을 작은 병에 담기도 했습니다. 예루살렘의 흙을 담고, 성화를 태운 초를 얻기도 했습니다. 여덟 곳에서 연미사에 이름을 써 넣기도 했습니다. 그렇게 해서 돈을 다 써 버리고 간신히 집으로 돌아갈 여비만 남겼습니다.

예픰은 귀로에 올랐습니다. 야파에 도착해서 배를 타고 오제싸까지 가서 거기서부터는 걸어서 집으로 갔습니다.


11

예픰은 올 때와 똑같은 길로 되돌아갔습니다. 집이 점점 가까워지면서 또다시 자기가 집을 떠난 뒤에 집안 식구들이 어떻게 지냈는지 걱정이 되었습니다.

'1년 동안 많이 변했겠지. 한 집안을 이루는 데는 평생이 걸리지만, 망하게 하는 것은 잠깐이야. 내가 집을 비운 사이에 아들 녀석은 집안일을 어떻게 처리했을까? 농사는 봄에 시작했을까? 겨울 동안 가축은 무사히 지냈는지? 내가 시킨 대로 새집은 다 지었을까?'

예픰은 이런저런 생각을 하였습니다. 그는 지난해 옐리세이와 헤어진 마을까지 왔습니다. 그 마을 사람들은 몰라보게 변해 있었습니다. 지난해는 찢어지게 가난하게 살던 사람들이 지금은 모두 여유 있는 생활을 하고 있었습니다. 밭에는 곡식이 무르익었습니다. 사람들은 형편이 좋아져 지난해의 어려움을 잊고 있었습니다.

저녁 무렵 예픰은 지난해에 옐리세이가 홀로 남은 마을에 이르렀습니다. 그가 마을에 막 들어섰을 때 어떤 농가에서 흰 셔츠를 입은 소녀가 달려 나왔습니다.

"할아버지, 할아버지! 우리 집에 오세요!"

예핌은 그대로 지나치려 했지만 소녀는 옷자락을 붙들고 생글생글 웃으며 마구 집으로 끌었습니다.

현관 계단에 나와 남자아이를 데리고 서 있던 여자도 오라고 손짓하고 있었습니다.

"할아버지, 오셔서 저녁도 드시고 주무시고 가세요."

예핌은 집 안으로 들어갔습니다.

'안에 들어온 김에 옐리세이에 대해 물어보자. 그 영감이 그때 물을 얻으러 들른 집이 바로 여기쯤 될 텐데.'

예핌이 방 안에 들어가니까 여자는 그의 어깨에서 자루를 내려 주었습니다. 그러고 나서 몸 씻을 물까지 떠다 주고 식탁으로 안내했습니다. 우유와 만두를 내놓고 식탁 위에 죽을 올려놓았습니다. 예핌은 순례자에게 이렇게 친절히 대해 주어 고맙다고 인사하며 그 가족들을 칭찬했습니다. 그러자 여자는 고개를 저으며 말했습니다.

"우리는 순례하시는 분들을 친절히 대접할 수밖에 없답니다. 어떤 순례자 덕분에 사는 법을 배웠으니까요. 예전에 우리는 하느님을 잊고 살았습니다. 그래서 하느님이 벌을 내려 우리는 거의 다 죽을 지경이었지요. 끝내 지난해 여름엔 식구들 모두가 먹을 것도 없이 병들어 누워 있었답니다. 그때 우리는 이미 죽은 목숨인데, 마침 하느님께서 손님과 비슷한 할아버지를 우리 집에 보내 주셨지 뭐예요? 한낮에 물을 마시러 들어오셨더군요. 그때 우리들을 보시고 불쌍히 여겨 그대로 우리 집에 머물렀지요. 병들고 굶주려 쓰러져 있는 우리에게 마실 것과 먹을 것을 주셨고, 건강도 되찾게 해주셨습니다. 또 땅을 찾아 주셨고, 짐수레와 말까지도 사 주셨지요. 그 뒤 그분은 아무 말 없이 떠나 버리고 말았답니다."

그때 할머니가 들어오며 여자가 하는 말을 가로챘습니다.

"우리 자신도 그분이 사람이었는지 천사였는지 알 수가 없습니다. 우리 식구들을 모두 사랑하고 불쌍히 여겼는데, 아무 말도 없이 떠나 버렸지요. 그분의 이름조차 모르니 누굴 위해 하느님께 기도 드려야 할지 모르겠어요. 지금도 눈앞에 보이는 듯합니다. 나는 쓰러져 죽을 때만 기다리고 있었어요. 그런데 갑자기, 별로 특이하지도 않은 대머리 할아버지가 물을 얻어 마시러 들어오지 않겠어요? 그때도 이 죄 많은 늙은이는 무엇 때문에 저렇게 어슬렁거리나 생각했지요. 그런데 그분은 방금 말한 그런 일을 해주셨답니다! 우리들을 보자 등에 짊어진 자루를 바로 내려놓고, 그래 이 자리예요, 바로 이 자리에다 놓고 끈을 풀었답니다."

그러니까 소녀도 말을 거들었습니다.

"아니에요, 할머니. 처음엔 자루를 방 한복판에 내려놓았다가 나중에 걸상 위로 올렸잖아요."

이렇게 그들은 서로 다투어 가며 그 노인이 한 말과 한 일들을 모조리 털어놓기 시작했습니다. 어디에 앉았고, 어디에서 잤고, 무슨 일을 어떻게 했고, 누구에게 어떤 말을 했다는 것을 그들은 끝도 없이 들려주었습니다.

밤이 되자 주인 남자가 말을 타고 돌아왔습니다. 그도 역시 옐리세이에 대해 이야기했습니다. 옐리세이가 자기 집에 있으면서 어떻게 지냈는지 들려주기 시작했습니다.

"만약 그분이 오시지 않았다면 우리는 모두 죄에 빠진 채 죽고 말았을 겁니다. 우리는 절망에 빠져 하느님과 사람들을 원망하며 죽을 때만 기다리고 있었어요. 그런데 그분이 오셔서 우리를 살려 주셨습니다. 그래서 우리는 그분을 통해서 하느님도 알게 됐고, 착한 사람을 믿게도 되었지요. 예수 그리스도여, 부디 그분을 보호하여 주소서! 예전엔 짐승과 다를 바 없이 살았는데, 그분이 우리를 사람답게 만들어 주셨어요."

그들은 예픔에게 먹을 것과 마실 것을 주었고 잠자리를 마련해 주었습니다. 그 다음에 그들도 자러 갔습니다.

예픔은 자리에 누웠지만 잠이 오지 않았습니다. 예루살렘에서 세 번이나 옐리세이를 앞자리에서 본 일이 머리에서 사라지지 않았습니다.

'그렇다, 옐리세이는 여기서 나를 앞질렀구나! 내 고행을 하

느님이 받아들이셨는지는 모르지만, 그 친구의 고행은 받아들이셨을 것이다.'

다음 날 아침, 그 집 식구들은 예핌에게 작별 인사를 했습니다. 그리고 가는 길에 먹을 고기만두를 그의 자루 속에 넣어준 다음 일터로 나갔습니다. 그리하여 예핌은 다시 집을 향해 길을 떠났습니다.

12

예핌은 꼭 1년이 지나 이듬해 봄에 집으로 돌아왔습니다. 집에 이른 것은 저녁 때였습니다. 아들은 집에 없었습니다. 술집에 있었던 것입니다. 아들은 늦게서야 술에 잔뜩 취해 돌아왔습니다.

예핌은 아들에게 여러 가지 일을 물어보았습니다. 어느 모로 보나 그가 집에 없는 동안 아들이 쓸데없이 싸돌아다녔다는 것을 알 수 있었습니다. 돈은 죄다 나쁜 데 써 버렸고, 일도 모두 그대로 내팽개쳐 두고 있었습니다. 예핌은 아들을 꾸짖었습니다. 그러자 아들도 말대꾸를 했습니다.

"그럼 아버지가 직접 하면 되잖아요. 갑자기 순례를 떠나 놓고, 게다가 집에 있는 돈을 다 가지고 가 놓고 나보고만 뭐라고 해요?"

노인은 화가 나서 아들을 때렸습니다.

다음 날 아침, 예핌 따라쓰치는 이장에게 아들의 일을 의논하러 가는 길에 옐리세이의 집 앞을 지나게 되었습니다. 그때 옐리세이의 아내가 문 앞 계단에 서서 인사를 했습니다.

"안녕하세요, 영감님. 무사히 돌아오셨군요!"

예핌은 걸음을 멈추고 말했습니다.

"덕분에 잘 다녀왔습니다. 가는 도중에 옐리세이와 헤어졌는데, 먼저 돌아와 있다면서요?"

그러자 수다 떨기를 좋아하는 할머니가 이야기를 마구 늘어놓았습니다.

"벌써 오래 전에 돌아오신 걸요. 성모승천제가 지난 뒤 곧 돌아오셨답니다. 하느님께서 돌봐 주신 덕분이지요. 그래서 온 식구가 아주 기뻐했어요. 그분이 계시지 않으면 집안이 허전하답니다. 이젠 나이가 많아서 큰일은 못하시지만 그래도 한 집안의 가장이니 모두들 의지하는 거지요. 글쎄, 아들이 얼마나 반기는지 원! 아버지가 계시지 않을 땐 눈빛까지 꺼지는 것 같다면서 말입니다. 그분이 집에 없으면 정말 허전해요. 우리 식구들은 모두 그를 의지하고 소중하게 생각한답니다."

"그럼 지금 집에 있는가요?"

"계세요. 양봉장에서 벌을 모으고 있어요. 올해 깐 애벌은 아주 좋아요. 모든 것이 하느님의 보살핌이지요. 그이도 그렇게 기운 좋은 벌은 처음 봤다고 했어요. 우리가 죄를 짓지 않고 사니까 하느님께서 돌보시나 봐요. 영감님, 어서 들어오세요. 무척 반가워하실 겁니다."

예핌은 현관을 통해서 마당을 지나 옐리세이가 있는 양봉장으로 갔습니다. 양봉장에 들어가 보니 옐리세이는 그물도 쓰지 않고 장갑도 끼지 않은 채 회색 까프딴을 입고 자작나무 밑에 서서 두 팔을 벌리고 하늘을 쳐다보고 있었습니다. 그의 대머리는 예루살렘의 그리스도 관 옆에서처럼 환히 빛났습니다. 그리고 머리 위에서는 역시 예루살렘에서 본 대로 자작나무 잎 사이로 햇빛이 타는 듯이 빛을 뿜고 있었습니다. 머리 둘레에는 금빛 꿀벌이 관처럼 동그라미를 그리며 날고 있었지만 쏘지는 않았습니다. 예핌은 멈추어 섰습니다.

옐리세이의 아내가 남편을 불렀습니다.

"예핌 영감님이 오셨어요."

옐리세이는 뒤돌아보고 반가워서 친구에게 달려갔습니다. 그는 턱수염 속에 기어든 꿀벌을 살며시 집어내면서 물었습니다.

"어서 오게. 그래, 잘 갔다 왔나?"

"몸뚱이만은 잘 갔다 왔네. 자네한테 주려고 요르단 강물을 가지고 왔지. 나중에 우리 집에 들러 가져가게. 그런데 하느님께서 내 고행을 받아 주셨는지……"

"어쨌든 기쁜 일이야. 하느님, 자비를 베푸소서!"

예핌은 잠시 침묵했다가 입을 열었습니다.

"몸만은 갔다 왔지만, 아무래도 영혼은 모르겠어. 정작 누군가 딴 사람이 갔다 왔는지도 모르지."

"모든 일이 하느님의 뜻이지, 예핌. 하느님의 뜻이고말고."

"돌아오는 길에 나도 그 농가에 들렀다네. 자네가 물 마시러 들른 그 집 말이야……"

옐리세이는 깜짝 놀라며 서둘러 말했습니다.

"모든 일이 하느님의 뜻이야, 예핌. 하느님의 뜻이고말고. 자, 안으로 들어가세. 내가 꿀을 떠 갈 테니……"

옐리세이는 화제를 딴 데로 돌려 집안 이야기를 꺼내기 시작했습니다.

예핌은 한숨을 내쉬었습니다. 그리고 그 농가에서 만난 사람들의 이야기나 예루살렘에서 그를 본 사실에 대해서는 옐리세이에게 한마디도 하지 않았습니다. 그는 모든 사람들이 죽는 날까지 사랑과 착한 일로써 자기의 의무를 다하는 것이 하느님의 분부라는 것을 깨닫게 되었습니다.

# 사람에게는 땅이 얼마나 필요한가

1

도시에 사는 언니가 시골에 사는 동생을 찾아왔습니다. 언니는 상인에게 시집을 가서 도시에 살았고, 동생은 농부에게 시집을 가서 시골에서 살고 있었습니다.

언니와 동생은 차를 마시며 이야기를 나누었습니다. 언니는 자랑을 하기 시작했습니다. 자기가 도시에서 얼마나 넓고 깨끗한 집에 살고 있고, 아이들은 얼마나 멋진 옷과 맛있는 음식을 먹고 마시는지, 마차를 타고 놀러도 다니고 극장 구경은 얼마나 많이 하는지 모른다고 자랑이 대단했습니다.

동생도 화가 나서 상인의 생활을 업신여기며 농민의 생활을 치켜세웠습니다.

"나는 우리 생활을 언니네 생활과 바꿀 생각이 없어요. 우리 생활은 호화롭지는 않지만 그 대신 걱정이 없어요. 언니네 생활은 우리보다 좀 호화롭긴 하지만, 크게 벌든지 아주 망하든지 둘 중에 하나 아니에요? '손해는 이익의 형님'이라는 속담이 있잖아요. '오늘의 부자가 내일은 남의 집 처마 밑에 선다'는 말도 있고요. 거기에 비하면 우리네 농사일은 틀림이 없지요. 농민의 생활은 굵지는 않지만 오래가요. 부자는 못 되더라도 배고픈 일은 없거든요."

그러자 언니가 말했습니다.

"배만 고프지 않으면 뭘 해? 소 돼지하고 살면서! 좋은 옷을 입을 수가 있나, 훌륭한 사람을 사귈 수가 있나! 아무리 뼈 빠지게 일해 봐야 너희는 어차피 거름 속에서 살다가 죽어갈 거야, 네 아이들도 마찬가지고."

동생이 말했습니다.

"그럼 어때요? 그게 우리 일인걸요. 그 대신 우리네 생활은 흔들림이 없어요. 누구에게 머리를 숙일 필요도 없고 누구를 두려워할 필요도 없어요. 그러나 도회에서는 모두들 유혹 속에서 살아가고 있어요. 오늘은 좋지만 내일은 어떤 마귀에게 홀릴지도 몰라요. 형부도 언제 노름에 미칠지, 술독에 빠질지, 어떤 미녀에게 홀릴지 몰라요. 그땐 모든 게 끝장이에요. 그렇잖아요?"

동생의 남편 빠홈은 난롯가에서 여자들의 이야기를 듣고 있

140

었습니다.

"그건 옳은 말이야."

하고 빠홈이 말했습니다.

"우리는 어릴 때부터 땅을 파먹고 살아왔기 때문에 바보 같은 생각은 하지도 않아요. 하나 유감스러운 일은 땅이 모자라는 것이지! 땅만 많다면 세상에 겁날 사람이 없지. 악마도 말야!"

여자들은 차를 다 마시고 나서도 잠시 동안 옷에 대한 이야기를 하다가 찻잔을 치운 다음 잠자리에 들었습니다.

그런데 악마란 놈이 난로 뒤에 숨어서 이 말을 다 들었습니다. 악마는 농부가 아내의 말에 우쭐해하는 것을 보고 몹시 기뻤습니다. 농부가 땅만 있으면 악마도 무섭지 않다고 큰소리쳤기 때문입니다.

악마는 생각했습니다.

'좋아, 어디 한번 겨뤄 보자. 내가 너에게 땅을 많이 주어 그것으로 너를 사로잡겠다.'


2

이 마을에 크지 않은 땅을 가진 한 여지주가 머슴들을 데리고 살고 있었습니다. 가지고 있는 땅은 120제샤찌나였습니다. 이 여지주는 지금까지 농민들과 사이좋게 지냈으며 그들을 천대하는 일이 없었습니다.

그런데 얼마 전에 군에서 제대한 남자 관리인이 고용되면서
부터 걸핏하면 농부들에게 벌금을 물리며 그들을 괴롭히는 것
이었습니다. 빠홈이 아무리 조심을 해도 말이 지주의 귀리 밭
에 뛰어들고, 암소가 마당에 들어가고, 송아지가 풀밭에 들어
가 그때마다 벌금을 물었습니다.

벌금을 물 때마다 빠홈은 집안 식구를 욕하거나 때렸습니
다. 이 관리인 때문에 빠홈은 여름 동안에 많은 죄를 지었습니
다. 그래서 가축을 우리 속에 가두는 계절이 되자 오히려 마음
이 놓였습니다. 먹이는 아까웠지만 걱정거리가 없어졌기 때문
입니다.

그런데 그해 겨울에 이런 소문이 떠돌았습니다. 여지주가
땅을 팔려고 내놓았는데 큰길의 저택 관리인이 땅을 사려고
한다는 소문이었습니다. 그 소문을 듣고 농부들은 한숨을 내
쉬었습니다.

'만일 땅이 저택 관리인의 손에 들어가게 되면 그놈은 여지
주보다 더 많은 벌금을 매겨 우리를 괴롭힐 것이다. 우리는 그
땅 없이는 살 수 없다. 우리 모두 그 주위에 살고 있으니까.'

농부들은 한꺼번에 여지주를 찾아가 땅을 저택 관리인에게
팔지 말고 자기들에게 넘겨 달라고 사정을 했습니다. 저택 관
리인보다 돈을 더 많이 주겠다는 약속도 했습니다. 여지주는
승낙했습니다.

농부들은 공동으로 땅을 전부 사 들이려고 한두 번 모였으나 의견 일치를 보지 못했습니다. 악마가 훼방을 놓았기 때문에 의견을 모을 수가 없었던 것입니다. 그래서 농부들은 각자자기 형편대로 땅을 사기로 했습니다. 여지주도 이를 승낙했습니다.

빠홈은 옆집에 사는 농부가 여지주에게서 20제샤찌나의 땅을 샀는데 돈을 절반만 주고 나머지 절반은 1년 후에 주기로했다는 말을 들었습니다. 빠홈은 그것이 부러웠습니다.

'사람들이 땅을 다 사 버리면 나는 아무것도 없게 되잖아.'

그래서 그는 아내와 상의를 했습니다.

"모두들 땅을 사는데 우리도 10제샤찌나 정도는 사야 하지 않겠소? 안 그러면 우린 살아갈 수가 없소. 관리인이 벌금으로다 가져가 버렸으니까."

두 부부는 어떻게 하면 땅을 살 수 있을까 연구해 보았습니다. 그들에게는 저금한 돈이 100루블 있었습니다. 그래서 망아지 한 마리와 벌꿀을 절반 팔고, 아들을 머슴으로 보내고, 동서에게 빚을 얻어 땅값의 절반을 모았습니다.

돈이 모이자 빠홈은 작은 숲이 있는 15제샤찌나의 땅을 골라 놓고 흥정을 하기 위해 여지주의 집을 찾아갔습니다. 땅값을 흥정하고 계약을 한 다음 계약금을 치렀습니다. 그리고 시내에 나가 매매 수속을 마치고 땅값의 절반을 치른 다음 나머지 절반은 2년 안에 주기로 했습니다.

이렇게 해서 빠홈은 땅을 가지게 되었습니다. 빠홈은 씨앗을 빌려 새로 산 땅에 뿌렸습니다. 농사는 잘되었습니다. 그리하여 1년 만에 여지주와 동서에게 진 빚을 다 갚을 수 있었습니다.

빠홈은 이제 진짜 땅임자가 되었습니다. 자기의 땅을 갈아 씨앗을 뿌리고, 자기의 땅에서 풀을 베고, 자기의 땅에서 땔감을 베고, 자기의 땅에서 가축을 길렀습니다. 빠홈은 영원히 자기 것이 된 땅을 갈러 나가거나 씨앗이 얼마나 나왔나 보러 가거나 풀밭을 돌아보러 나갈 때마다 기뻐서 어쩔 줄 몰랐습니다. 풀도 꽃도 다른 집 것들과는 완전히 다른 것같이 생각되었습니다. 그 땅으로 말할 것 같으면 전에도 수없이 지나다닌 땅이지만 지금은 너무나 특별한 땅처럼 생각되었습니다.


3

이렇게 빠홈은 즐거운 생활을 하고 있었습니다. 만약 다른 농부들이 빠홈의 곡식과 풀밭을 짓밟지만 않았다면 모든 일이 그저 그만이었을 것입니다. 빠홈이 점잖게 부탁을 해 보았으나 아무 소용이 없었습니다. 사람들이 풀밭에 소를 풀어놓기도 하고 야경꾼의 말이 곡식밭에 들어가기도 했습니다. 그러나 빠홈은 내쫓기만 하고 용서해 주었으며 한 번도 고소하는 일이 없었습니다. 그래도 그런 일이 계속되자 더 참을 수가 없어서 재판소에 고소를 하게 되었습니다. 사람들이 그런 짓을 하는 것은 땅이 좁기 때문이지 마음이 나빠서 그런 게 아니라는 것을 알고 있었지만 빠홈은 이렇게 생각했습니다.

'이대로 내버려 둘 순 없다. 그러다 보면 사람들이 우리 것을 다 망쳐 버릴 거야. 혼을 좀 내 줘야 해.'

그리하여 빠홈은 한 번, 두 번 재판을 걸어 따끔한 맛을 보여 주고 두 사람에게 벌금을 물게 했습니다. 그러자 이웃 사람들이 빠홈에게 앙심을 품기 시작했고 이번에는 일부러 밭을 짓밟는 것이었습니다. 어떤 사람은 밤중에 숲 속으로 숨어 들어가 열 그루나 되는 보리수를 모조리 베고 속껍질을 벗겨 버렸습니다.

숲을 지나던 빠홈은 무언가 하얀 것을 발견했습니다. 가까이 가 보니 껍질이 벗겨진 보리수가 여기저기 흩어져 있었으며, 잘린 밑둥이 튀어나와 있었습니다. 숲 가장자리의 것을 베든지 한 그루라도 남겨 두었으면 좋으련만 악당들은 모조리 베어 버린 것입니다. 빠홈은 화가 났습니다.

'이놈을 찾아내어 복수를 해줘야지.'

그는 누구의 짓일까 곰곰이 생각해 보았습니다.

'이건 숌까의 짓이 틀림없어.'

이렇게 생각하고 빠홈은 숌까의 마당으로 가서 증거를 찾으려 하였으나 아무것도 찾지 못하고 말다툼만 하다가 돌아왔습니다. 빠홈은 더욱더 숌까의 짓이라는 생각이 들었습니다. 그는 숌까를 고소했습니다. 두 사람은 법정에 부름을 받았습니다. 몇 차례 재판을 받았으나 숌까는 무죄가 되었습니다. 증거가 없었기 때문입니다. 빠홈은 더욱더 화가 나서 이장과 재판관하고도 욕을 하며 싸웠습니다.

"당신들이 도둑의 편을 들 수 있어요? 만약 당신들이 바른 생활을 한다면 도둑을 무죄로 풀어 주진 않았을 겁니다."

빠홈은 이웃과 재판관을 상대로 싸웠습니다. 마을 사람들은 빠홈의 집에 불을 지르겠다고 위협했습니다. 이렇게 빠홈은 넓은 땅을 가지고 있었지만 좁은 세상에서 살게 되었습니다.

그때 이런 소문이 돌았습니다. 마을 농부들이 새로운 고장으로 옮겨 가려 한다는 소문이었습니다. 빠홈은 생각했습니다.

'나는 내 땅을 떠나야 할 이유가 없지. 우리 마을에서 누가 떠난다면 더 넓어지겠지. 그러면 그들의 땅을 사 들여 이 일대를 내 것으로 만들어야지. 그렇게 되면 생활도 나아지겠지. 이대로는 너무 비좁아.'

어느 날 빠홈이 집에 있는데 길 가던 농부 한 사람이 찾아왔습니다. 빠홈은 나그네를 집에 재우고 밥도 주었습니다. 그들은 서로 이야기를 나누다가 빠홈이 나그네에게 어디서 왔느냐고 물었습니다. 나그네는 저 아래 볼가 강 쪽에서 왔으며, 거기서 일을 했다고 말했습니다. 나그네는 많은 사람들이 그곳으로 이사를 온다고 띄엄띄엄 말했습니다. 사람들이 거기로 이사 와서 마을 조합에 들게 되면 한 사람 앞에 10제샤쩌나의 땅을 나누어 준다는 말도 했습니다.

"그런데 그 땅이 얼마나 기름진지 호밀을 심으면 말이 보이지 않을 만큼 무성하게 자라고 다섯 줌으로 한 다발이 될 만큼 밀알이 많이 열려요. 어떤 농부는 하도 가난해서 맨주먹으로 왔는데 지금은 말 여섯 마리와 암소 두 마리를 가지게 되었답니다."

빠홈은 가슴이 타오르기 시작했습니다.

'그렇게 잘살 수 있다면 이 좁은 데서 구차하게 살 필요가 없지. 여기 집과 땅을 팔아 가지고 거기 가서 집을 짓고 잘살아 보자. 여기처럼 비좁은 곳에 살다가는 죄만 지을 뿐이야. 아무튼 내가 직접 가서 모든 사정을 잘 알아보고 와야지.'

여름이 되자 빠홈은 채비를 하고 길을 떠났습니다. 사마라까지는 볼가 강을 따라 배를 타고 내려가고, 그 다음 400베르스따 정도는 걸어서 갔습니다.

마침내 목적지에 이르렀습니다. 모든 것이 듣던 대로였습니다. 농부들은 한 사람 앞에 10제샤쩌나의 땅을 받아 가지고 여유 있게 살고 있었습니다. 그리고 아무나 조합에서 받아 주었습니다. 돈을 가진 사람은 나누어 주는 땅 외에도 3루블에 제일 좋은 땅을 얼마든지 살 수 있었습니다.

여러 가지 사정을 다 알아본 빠홈은 가을녘에 집으로 돌아와 이것저것 다 팔았습니다. 땅은 이익을 보고 팔았습니다. 집도 가축도 다 팔았습니다. 그 다음 마을 조합에서 호적을 떼어 봄이 되기를 기다렸다가 가족과 함께 새 고장으로 이사를 했습니다.

4

가족을 데리고 새 고장으로 간 빠홈은 어떤 큰 마을의 조합에 들었습니다. 마을 노인들에게 술을 대접하고 모든 서류를 갖추었습니다. 빠홈은 조합에 들어 다섯 사람 몫의 땅을 나누어 받았습니다. 그것은 여러 군데 흩어져 있기는 했지만 풀밭을 빼고도 50제샤찌나가 되었습니다. 빠홈은 거기다 집을 짓고 가축을 사 들였습니다. 그의 땅은 예전에 그가 가진 땅의 세 배나 되었습니다. 더구나 곡식이 잘되는 기름진 땅이었습니다. 생활도 전에 비해 열 배나 좋아졌습니다. 농사를 지을 땅과 가축에게 먹일 풀밭도 마음대로 얻을 수 있었습니다. 그래서 가축도 얼마든지 키울 수 있었습니다.

처음에 집을 짓고 가축을 사 들이는 동안만 해도 빠홈은 기분이 좋았으나, 자리가 잡히자 이 땅도 좁다는 생각이 들었습니다. 첫해에 빠홈은 자기 밭에 밀을 심었습니다. 농사는 잘되었습니다. 밀을 더 심으려고 했으나 땅이 모자랐습니다. 남은 땅은 밀농사에 알맞지 않았습니다. 이 고장에서는 밀을 나리 새풀밭이나 묵혀 둔 땅에 심는데, 1~2년 심고 나면 풀이 다시 자랄 때까지 내버려 둡니다. 그런데 그런 땅은 바라는 사람들 이 많아서 모든 사람에게 다 돌아가지 않습니다. 그 때문에 땅 을 놓고 역시 싸움을 벌입니다. 돈이 많은 사람들은 자기들이 직접 농사를 지으려 했고, 가난한 사람들은 땅세를 받고 장사 꾼에게 빌려 주었습니다.

빠홈은 밀을 더 심고 싶었습니다. 다음 해에 빠홈은 어느 상 인을 찾아가서 1년 동안 땅을 세내었습니다. 그래서 더 많은 밀을 심었는데 농사가 잘되었습니다. 그러나 그 땅은 마을에 서 멀어 15베르스따나 운반해야만 했습니다. 그런데 주위에서 는 장사와 농사를 같이 하는 사람들이 농장을 가지고 잘살고 있었습니다.

'만일 땅을 영원히 자기 것으로 만들어 농장을 지을 수 있다 면 얼마나 좋을까. 그렇게 되면 이 마을에서 부러울 것이 없을 텐데.'

하고 빠홈은 생각하고 어떻게 해서든지 그 땅을 자기 것으로 만들어야겠다고 생각했습니다.

이렇게 3년이 흘렀습니다. 그동안 빠홈은 계속 땅을 빌려서 밀을 심었습니다. 해마다 풍년이 들어 밀농사도 잘되고 돈도 모았습니다. 생활은 그것으로 충분했지만 빠홈은 해마다 다른 사람들에게 땅을 빌리기 위해 쩔쩔매야 하는 것이 지겨웠습니다. 어디서 좋은 땅이 나오면 사람들이 당장 몰려들어 전부 빌려 가 버립니다. 제때에 땅을 빌리지 못하면 농사지을 땅도 없게 됩니다. 3년 만에 빠홈은 어느 상인과 돈을 반반씩 내어 농부들로부터 풀밭을 빌렸습니다. 그래서 밭을 갈아 놓았는데 농부들이 재판을 거는 바람에 일이 허사가 되고 말았습니다. 빠홈은 이렇게 생각했습니다.

'내 땅만 있다면 남에게 머리를 숙일 필요도 없고, 좋지 않은 일도 없을 텐데.'

그래서 빠홈은 영원히 자기 땅으로 사 들일 땅이 없나 하고 두루 알아보기 시작했습니다. 마침내 한 농부를 찾아냈습니다. 그 농부는 500제샤찌나의 땅을 가지고 있었는데 망해서 헐값에 판다는 것이었습니다. 빠홈은 그 사람과 흥정을 벌였습니다. 여러 번 흥정 끝에 1500루블에 사기로 하고 땅값의 절반은 조금 있다 주기로 하였습니다.

이렇게 흥정이 다 되어 갈 무렵에 어느 날 길 가던 상인이 먹을 것을 좀 달라며 빠홈의 집에 들렀습니다. 두 사람은 차를 마시며 잠시 이야기를 나누었습니다. 상인은 멀리 바쉬끼르에서 오는 길이라고 했습니다. 그 사람은 바쉬끼르 사람들에게서 1500제샤찌나의 땅을 산 이야기를 했습니다. 그런데 그 땅값이 1000루블에 지나지 않았습니다. 빠홈은 묻기 시작했습니다. 상인이 대답했습니다.

"노인들의 기분만 잘 맞춰 주면 됩니다. 나는 옷과 양탄자를 100루블 정도 사서 나눠 주고 그 밖에 차 한 상자와 술을 마실 줄 아는 사람에겐 술을 대접했습니다. 그래서 1제샤찌나에 20 까뻬이까씩 주고 땅을 샀습니다."

이렇게 말하며 나그네는 땅문서를 보여 주었습니다.

"이 땅은 냇물을 끼고 있으며 모두 나리새풀로 뒤덮인 초원이랍니다."

빠홈은 이것저것 묻기 시작했습니다. 그러자 나그네가 대답했습니다.

"그 땅은 1년을 걸어도 다 돌지 못합니다. 그게 모두 바쉬끼르 사람들의 땅이지요. 그 사람들은 양같이 순해서 거의 공짜로 땅을 살 수 있어요."

이 말을 듣고 빠홈은 생각했습니다.

'그렇다면 500제샤찌나의 땅을 1000루블이나 주고, 게다가 빚마저 얻을 필요가 있을까? 그곳에 가면 1000루블을 주고도 땅을 얼마든지 살 수 있을 텐데!'

5

빠홈은 거기로 가는 길을 자세히 물어보고 나서 상인이 떠

나기가 무섭게 자기도 떠날 채비를 하였습니다. 집안일은 아
내에게 맡기고 하인 한 사람만 데리고 길을 떠났습니다. 빠홈
은 가는 길에 시내에 들러 상인이 말한 대로 차 한 상자와 여
러 가지 선물을 사고 술도 샀습니다. 그리고 500베르스따쯤 갔
습니다. 일 주일쯤 걸려 그는 바쉬끼르 사람들이 가축을 기르
며 사는 땅에 이르렀습니다.

　모든 것이 상인의 말과 같았습니다. 그들은 냇물을 끼고 있
는 초원에서 펠트 천막을 치고 살았습니다. 그 사람들은 밭도
갈지 않고 곡식을 먹지도 않았습니다. 초원에는 가축과 말들
이 떼지어 돌아다니고 있었습니다. 천막 뒤에는 망아지들이

매어져 있었으며, 하루에 한두 번씩 어미 말이 거기로 끌려갔습니다. 사람들은 말의 젖을 짜서 삭혀 꾸믜스라는 술을 만들었습니다. 여자들은 그것을 휘저어 치즈를 만들고 남자들은 꾸믜스와 차를 마시고 양고기를 먹으며 피리를 불 뿐이었습니다. 사람들은 모두 살이 찌고 쾌활하며 여름에는 놀기만 하였습니다. 사람들은 까막눈이어서 러시아 말을 몰랐으나 친절하였습니다.

빠홈을 보자 바쉬끼르 사람들이 천막에서 나와 손님을 에워쌌습니다. 통역이 나왔습니다. 통역을 통해 빠홈은 땅을 사러 왔다고 말했습니다. 바쉬끼르 사람들은 몹시 기뻐하며 빠홈을 안다시피 하여 제일 좋은 천막으로 안내했습니다.

그러더니 양탄자 위에 깃털 방석을 놓고 자리를 권하며 자기들도 그 주위에 둘러앉아 차와 꾸믜스를 대접했습니다. 양도 잡아 양고기 요리도 대접했습니다. 빠홈은 마차에서 가지고 온 선물을 꺼내어 바쉬끼르 사람들에게 나누어 주었습니다. 그러고 나서 차도 나누어 주었습니다. 바쉬끼르 사람들은 몹시 기뻐했습니다. 그들은 자기들끼리 소곤거리더니 통역을 시켜 이렇게 말했습니다.

"이분들이 손님에게 이렇게 말하라고 하네요. '우리는 당신이 마음에 듭니다. 어떻게든 손님을 기쁘게 해드리고 선물에 대해 답례를 하는 것이 우리의 관습입니다. 당신이 우리에게 좋은 선물을 주셨으니 우리가 가지고 있는 것 중에서 마음에 드는 것이 있으면 말씀하세요. 선물로 드리겠습니다.'"

빠홈이 말했습니다.

"내 마음에 드는 것은 무엇보다도 당신들의 땅입니다. 우리가 살고 있는 곳은 좁은 데다가 너무 오래 곡식을 심어 먹었기 때문에 못 쓰게 되었습니다. 그런데 여긴 땅이 많고 기름집니다. 이렇게 좋은 땅은 아직까지 보지 못했습니다."

통역이 그 말을 전했습니다. 바쉬끼르 사람들은 자기들끼리 잠시 이야기를 나누었습니다. 빠홈은 그들의 말을 알아들을 수는 없었지만 기분 좋은 듯 뭐라고 소리치며 웃고 있었습니다. 잠시 후 사람들이 조용해지더니 빠홈을 바라보았습니다. 통역이 말을 전했습니다.

"당신의 친절에 대해서 얼마든지 땅을 드리겠다고 합니다. 어느 땅이든지 손으로 가리키기만 하세요. 그러면 당신의 땅이 되는 것입니다."

그 사람들은 다시 자기들끼리 의논을 하다가 다투기 시작했습니다. 빠홈은 왜 다투느냐고 물어보았습니다. 통역이 대답했습니다.

"땅에 관한 문제라면 이장 어른께 물어서 결정해야지 안 그러면 안 된다는 사람과 그러지 않아도 된다는 사람이 있습니다."

6

바쉬끼르 사람들이 말다툼을 하고 있는데 갑자기 여우털 모자를 쓴 남자가 왔습니다. 모두들 입을 다물고 자리에서 일어났습니다. 통역이 말했습니다.

"이분이 바로 이장 어른이십니다."

빠홈은 얼른 일어나 제일 좋은 옷과 5푼뜨짜리 차를 꺼내 주었습니다. 이장은 그것을 받아 들고 제일 윗자리에 가서 앉았습니다. 그러자 바쉬끼르 사람들이 곧 이장에게 뭐라고 말했습니다. 이장은 그들의 말을 듣고 나서 머리를 끄덕이며 잠자코 있으라는 시늉을 하더니 빠홈에게 러시아 말로 말하기 시작했습니다.

"좋습니다. 마음에 드는 걸로 가지세요. 땅은 많으니까요."

빠홈은 생각했습니다.

'원하는 대로 얼마든지 가지라고 하는데 어떻게 가져야 좋담? 어쨌든 확실히 해둘 필요가 있어. 그렇지 않으면 네 땅이라 해놓고 나중에 도로 빼앗아 갈지 모르니까.'

그래서 빠홈은 말했습니다.

"친절한 말씀 고맙습니다. 당신들에게는 땅이 많지만 나는 조금밖에 필요 없습니다. 다만 내 땅이 어떤 것인지 그것만 알아 두었으면 합니다. 아무튼 한번 재어서 내 땅을 분명히 해둘 필요가 있다고 봅니다. 사람이란 언제 죽을지 모르니까요. 당신들은 좋은 분이니까 주시겠지만 당신네 아이들은 도로 빼앗아 갈지 모르잖습니까."

"옳은 말입니다. 분명히 해드릴 수가 있습니다."

하고 이장이 말했습니다.

그래서 빠홈이 말했습니다.

"어떤 상인이 여기에 왔었다는 말을 들었습니다. 당신들은 그 사람에게 땅을 주면서 땅문서를 만들어 주었다는데 나에게도 그렇게 해주었으면 좋겠습니다."

이장은 그의 말뜻을 다 알아듣고 이렇게 말했습니다.

"그런 거야 얼마든지 해드릴 수 있지요. 우리에겐 서기가 있으니까 같이 시내로 가서 서류에 도장을 찍도록 합시다."

"땅값은 얼마로 할까요?"

하고 빠홈이 물었습니다.

"여기서는 땅값이 하나로 정해져 있습니다. 하루치에 1000 루블입니다."

빠홈은 잘 알아들을 수가 없었습니다.

"하루치란 대체 어떻게 재는 건가요? 그게 몇 제샤찌나나 됩니까?"

"우리는 그렇게 잴 줄은 모릅니다. 하루에 얼마로 팔고 있지요. 말하자면 하루에 걷는 만큼 그 땅이 당신 것이 되는 것입니다. 그러나 하루 땅값은 1000루블이랍니다."

빠홈은 놀랐습니다.

"하루 종일 돌아다닌다면 꽤 많은 땅이 되겠는데요."

이장이 웃으면서 말했습니다.

"그게 다 당신의 땅이 됩니다. 다만 한 가지 조건이 있습니다. 만약 하루 안에 출발한 곳으로 돌아오지 못하면 당신 돈은 못 받게 됩니다."

"그렇다면 내가 돌아다닌 곳은 어떻게 표시를 하지요?"

하고 빠홈이 물었습니다.

"당신이 원하는 장소에 우리가 같이 가서 서 있겠습니다. 그러면 당신은 그곳을 출발하여 한 바퀴 돌아오면 됩니다. 그때 당신은 삽을 가지고 가서 필요한 장소에 표시를 해두세요. 작은 구덩이를 파고 잔디를 꽂아 두세요. 나중에 우리가 구덩이와 구덩이 사이를 쟁기질할 테니까요. 어떻게 돌든 상관없지만, 반드시 해가 지기 전에 출발한 장소로 돌아와야만 합니다. 그러면 당신이 돌아온 땅은 모두 당신의 것이 됩니다."

빠홈은 기뻤습니다. 그들은 아침 일찍 출발하기로 했습니다. 그런 뒤에 이야기도 하고 꾸믜스도 마시고 양고기도 먹고 거기다 차까지 마셨습니다.

어느새 밤이 깊었습니다. 바쉬끼르 사람들은 빠홈을 깃털 이불에서 자게 한 뒤 자기들의 천막으로 뿔뿔이 돌아갔습니다. 그들은 내일 새벽에 모여서 해 뜨기 전에 출발 장소에 가기로 약속했습니다.


7

빠홈은 깃털 이불에 누웠으나 잠이 오지 않아 계속 땅 생각만 하고 있었습니다.

'땅을 크게 차지해야지. 하루 종일 걸으면 50베르스따 정도는 돌 수 있을 거야. 지금은 해가 긴 때니까. 50베르스따의 땅이라면 얼마나 될까? 그중 나쁜 땅은 팔아 버리거나 다른 사람에게 빌려 주고, 좋은 데만 골라서 그곳에 자리 잡기로 하자. 황소 두 마리가 끌 쟁기를 사고, 머슴도 두 사람쯤 써야지. 그

리고 50제샤찌나만 밭을 만들고 나머지는 가축을 치는 목장으로 만들자.'

빠홈은 밤새 한잠도 못 잤습니다. 그러다가 새벽녘에야 잠이 들었습니다. 그는 잠이 들자마자 꿈을 꾸었습니다. 꿈속에서 그는 이런 것을 보았습니다. 자기가 지금 자고 있는 천막 밖에서 누군가가 큰 소리로 웃고 있었습니다. 그래서 그는 도대체 어떤 사람이 웃는지 보려고 잠자리에서 일어나 천막 밖으로 나갔습니다. 나가 보니 바로 그 바쉬끼르 이장이 천막 앞에 앉아서 두 손으로 배를 움켜잡고 무엇이 우스운지 뒹굴고 있었습니다. 빠홈은 곁으로 가서 물었습니다.

"무엇이 그렇게 우스우세요?"

그런데 그 사람은 바쉬끼르 이장이 아니라 빠홈에게 땅 이야기를 하여 이리로 오게 한 그 상인처럼 보였습니다. 그래서 '당신은 여기 온 지 오래되었소?' 하고 물으려 하자, 그는 상인이 아니라 전에 만난 볼가 강 쪽에서 온 농부였습니다. 빠홈이 다시 보니 그것은 농부도 아니고 뿔과 발톱이 달린 악마 같았습니다. 악마는 앉아서 웃고 있었고, 그 앞에는 셔츠와 바지를 입은 어떤 남자가 맨발로 누워 있었습니다. 이것은 또 누군가 하고 빠홈은 자세히 살펴보았습니다. 그런데 그 남자는 죽어 있었으며, 죽은 사람은 바로 자기 자신이었습니다. 빠홈은 깜짝 놀라 잠이 깼습니다.

'뭐야, 꿈이 아닌가?'

빠홈은 주위를 둘러보았습니다. 열린 문 쪽으로 뿌옇게 날이 밝아 오고 있었습니다.

'사람들을 깨워야지. 떠날 시간이야.'

이렇게 생각하고 빠홈은 일어나 마차에서 잠자는 머슴을 깨워 마차에 말을 매게 한 다음 바쉬끼르 사람들을 깨우러 갔습니다.

"시간이 됐습니다. 초원으로 가서 땅을 재야지요."

바쉬끼르 사람들이 일어나 모두 모였습니다. 이장도 왔습니다. 그들은 다시 꾸믜스를 마시며 빠홈에게 차를 대접하려고 했으나, 그는 기다리려 하지 않고 이렇게 말했습니다.

"가려면 빨리 갑시다. 늦기 전에."


8

바쉬끼르 사람들은 준비를 마쳤습니다. 그리고 어떤 사람은 말을 타고 어떤 사람은 마차를 타고 떠났습니다. 빠홈은 머슴과 같이 마차를 타고 삽을 가지고 떠났습니다. 초원에 이르자 날이 밝아 왔습니다. 바쉬끼르 말로 '쉬한'이라는 언덕 위로 올라갔습니다. 그런 다음 사람들은 말과 마차에서 내려 한데 모였습니다. 이장이 빠홈 곁으로 와서 한 손으로 가리켰습니다.

"여기 보이는 것이 다 우리 땅입니다. 아무 곳이나 골라 잡으세요."

빠홈의 눈이 이글거렸습니다. 땅은 온통 나리새풀로 뒤덮여 있는 데다가 손바닥처럼 판판하고 양귀비 씨앗처럼 까맣게 기름졌으며, 좀 패인 곳에는 잡초들이 가슴팍까지 자라 있었습니다.

이장은 여우털 모자를 벗어 땅 위에 놓으며 말했습니다.

"자, 이것이 표적입니다. 여기서 출발하여 이리로 돌아오십시오. 한 바퀴 돌아오면 그 안의 땅이 모두 당신 것이 되는 것입니다."

빠홈은 돈을 꺼내 모자 위에 놓고, 까프딴을 벗고 조끼 위에 허리끈을 단단히 매었습니다. 그리고 빵 주머니를 품속에 넣고 물통도 허리끈에 찬 다음 장화를 단단히 신고, 머슴에게서 삽을 받아 드는 등 떠날 준비를 했습니다. 빠홈은 어느 쪽으로 가면 좋을까 생각해 보았습니다. 그러나 어디로 가도 좋을 것 같았습니다.

'어디로 가도 좋은 땅이라면 해 뜨는 쪽으로 가자.'

빠홈은 이렇게 생각했습니다. 그리하여 해 뜨는 쪽을 향해 제자리걸음을 하면서 저쪽 땅 끝에서 해가 떠오르기만을 기다렸습니다.

'조금이라도 시간을 헛되이 보내서는 안 되지. 서늘할 때 걷는 것이 쉬울 거야.'

이렇게 생각하고 빠홈은 저쪽 땅 끝에서 해가 떠오르기가 무섭게 삽을 어깨에 메고 초원으로 떠났습니다.

빠홈은 보통 걸음으로 걸었습니다. 1베르스따쯤 가다가 걸음을 멈추고 작은 구덩이를 파고, 눈에 잘 띄게 잔디 몇 포기를 넣어 두었습니다. 그러고는 또 걸어갔습니다. 걷기 시작하자 발걸음이 점점 빨라졌습니다. 얼마쯤 가서 또 구덩이를 팠습니다.

빠홈은 뒤돌아보았습니다. 햇볕을 받은 '쉬한' 언덕은 물론 그 위에 서 있는 사람들도 잘 보였습니다. 마차의 쇠바퀴도 눈부시게 빛나고 있었습니다. 빠홈은 이제 5베르스따쯤 걸었을 것이라고 생각했습니다. 차차 더워져 조끼를 벗어 어깨에 걸치고 앞으로 걸어갔습니다. 다시 5베르스따쯤 갔습니다. 점점 더워졌습니다. 해를 쳐다보니 벌써 아침 먹을 시간이었습니다.

'이제 하나가 끝났구나. 하루에 네 구덩이를 파게 되어 있으니 아직 구부러지기는 이르겠지. 그러나 장화는 벗기로 하자.'

이렇게 생각하고 빠홈은 앉아서 장화를 벗어 허리에 매고 또 걷기 시작했습니다. 걷기가 편했습니다.

'5베르스따만 더 걷자. 그리고 왼쪽으로 구부러지도록 하자. 땅이 너무 좋아 그냥 버리고 가기는 아깝다. 갈수록 땅이 좋구나.'

빠홈은 곧바로 더 걸어갔습니다. 뒤돌아보니 언덕은 희미하

게 보였고 사람들은 개미처럼 까맣게 보였으며, 무언가 희미하게 반짝이는 것 같았습니다.

'좋아, 이쪽은 이만하면 충분하다. 이제 구부러지자. 땀을 흘렸더니 목이 마르구나.'

빠홈은 걸음을 멈추고 구덩이를 좀더 크게 파서 잔디를 꽂았습니다. 그러고는 허리에서 물통을 끌러 물을 잔뜩 마신 다음 왼쪽으로 급히 구부러졌습니다. 걸을수록 풀의 키가 더 커져서 몹시 더웠습니다. 빠홈은 피곤해졌습니다. 해를 쳐다보니 바로 점심 때였습니다.

'자, 좀 쉬어 가자.'

이렇게 생각한 빠홈은 걸음을 멈추고 거기에 앉았습니다. 그러나 빵과 물을 마셨을 뿐 눕지는 않았습니다. 누우면 잠이 들 것만 같았습니다. 그래서 잠깐 앉았다가 다시 걷기 시작했습니다. 처음에는 쉽게 걸을 수 있었습니다. 빵을 먹어 힘이 난 것입니다. 그러나 더위가 심해지자 졸음이 왔습니다. 그래도 그는 계속 걸으면서 한 시간을 참으면 일생을 편히 살 수 있다고 생각했습니다.

빠홈은 이쪽도 많이 걸었기 때문에 다시 왼쪽으로 구부러지려고 했습니다. 그러다가 보니 근처에 물기가 촉촉한 분지가 있었습니다. 그냥 버리고 가기는 아까웠습니다.

'저기면 아마 농사가 잘될 거야.'

하고 생각한 빠홈은 다시 곧바로 걸어갔습니다. 분지를 차지하자, 그 너머에 구덩이를 파 두 번째 모퉁이를 만들고 돌아왔습니다. 빠홈은 언덕 위를 돌아보았습니다. 더위로 뿌연 공기 속에서 무언가 아른거리고, 그 환영 사이로 언덕 위의 사람들이 희미하게 보였습니다.

'두 쪽을 이렇게 길게 잡았으니 나머지는 좀 짧게 잡아야겠다.'

이렇게 생각하고 빠홈은 세 번째 쪽을 향하여 걸음을 빨리했습니다. 해를 보니 한나절이 훨씬 넘었는데 세 번째 쪽에서는 2베르스따 정도밖에 걷지 못했습니다. 출발 지점까지는 15베르스따가 남아 있었습니다.

'땅 모양이 삐뚤어져도 이젠 곧 바로 가야겠다. 더 가지려고 해서는 안 돼. 땅은 이만하면 충분해.'

빠홈은 얼른 구덩이를 파고 곧바로 언덕으로 향했습니다.


9

빠홈은 언덕을 향해 곧바로 걸었습니다. 힘이 들었습니다. 온몸이 땀투성이가 되고 맨발은 찢기고 긁혀 제대로 걸을 수가 없었습니다. 좀 쉬고 싶었으나 그럴 수가 없었습니다. 해 질 때까지 출발한 곳으로 돌아가지 못할 것 같았기 때문입니다. 해는 기다리지 않고 자꾸만 서쪽으로 기울었습니다.

'아아, 실패한 게 아닐까? 땅을 너무 많이 차지한 게 아닐까? 만약 제시간에 가지 못하면 어떡하지?'

초조한 생각에 빠홈은 저쪽 언덕과 해를 번갈아 쳐다보았습니다. 언덕까지는 아직 멀었는데 지평선에 해는 얼마 남지 않았습니다. 그래서 빠홈은 쉬지 않고 걸었습니다. 힘이 들었지만 계속 걸음을 재촉했습니다. 그러나 가도 가도 갈 길은 멀기만 했습니다. 그는 달리기 시작했습니다. 조끼도 장화도 물통도 모자도 다 버리고 오직 삽만 가지고 그것으로 지팡이를 삼아 뛰었습니다.

'아아, 욕심이 너무 지나쳤구나. 이젠 다 틀렸어. 해가 지기전에 못 갈 것 같아.'

그러자 더 무서운 생각이 들어 숨까지 막혀 왔습니다. 빠홈은 마구 달렸습니다. 셔츠와 바지는 땀에 젖어 몸에 착 달라붙고 입 안은 바짝 말랐습니다. 가슴은 대장간의 풀무처럼 펄떡거리고, 심장은 망치질하듯 뛰고, 다리는 남의 다리처럼 휘청거렸습니다. 빠홈은 기분이 좋지 않았습니다.

'너무 힘을 써서 죽는 건 아닐까?'

하는 생각마저 들었습니다. 죽음은 무서웠으나 멈출 수는 없었습니다.

'죽을 고생을 하며 여기까지 달려왔는데, 이제 와서 그만둔다면 사람들이 바보라고 하겠지.'

이런 생각에 빠흠은 달리고 또 달렸습니다. 출발점에 가까이 왔을 때 소리가 들렸습니다. 바쉬끼르 사람들이 그를 향해 질러 대는 날카로운 소리였습니다. 그 소리에 그의 가슴은 더욱 뜨거워졌습니다. 빠흠은 마지막 힘을 다하여 달렸으나 해는 지평선 쪽에 기울어 안개 속으로 모습을 감추고 핏빛처럼 시뻘건 둥근 원만 남게 되었습니다. 이제 곧 지고 말 것이었습니다. 해는 기울어 가고 있었습니다. 출발점까지도 이제 얼마 남지 않았습니다. 빠흠은 언덕 위에 있는 사람들이 자기에게 손을 흔들며 빨리 오라고 재촉하는 것을 보았습니다. 땅 위에 있는 여우털 모자와 그 위에 있는 돈도 보였습니다. 그리고 땅 위에 앉아 두 손으로 배를 움켜잡고 있는 이장도 보였습니다. 빠흠은 어젯밤의 꿈을 떠올렸습니다.

'땅은 많이 얻었지만 하느님이 거기에 살게 해주실까? 아아, 나 자신을 망쳤구나! 아무래도 출발점까지 가지 못할 것 같다.'

빠흠은 해를 바라보았습니다. 해는 이미 땅에 닿았으며, 한쪽 끝은 가라앉고 다른 쪽 끝은 활처럼 휘어져 있었습니다. 빠흠은 마지막 힘을 다하여 몸을 앞으로 내밀며 넘어지려는 것을 겨우 지탱하고 있었습니다. 마침내 언덕 밑에 이르렀을 때 갑자기 날이 어두워졌습니다. 돌아보니 해는 이미 져 버리고 말았습니다. 빠흠은 탄식했습니다.

"나의 노력도 허사가 되고 말았구나!"

그가 걸음을 멈추려는데, 바쉬끼르 사람들이 계속해서 뭐라고 떠들어 대는 소리가 들려왔습니다. 그때 빠홈은 이런 생각이 들었습니다.

'언덕 밑에서 보면 해가 진 것으로 보이지만, 언덕 위에서 보면 해가 아직 다 지지 않았을지도 모른다.'

그래서 빠홈은 기운을 내어 언덕 위로 달려 올라갔습니다. 언덕 위는 아직도 밝았습니다. 빠홈은 올라가기가 무섭게 모자를 보았습니다. 모자 앞에는 이장이 앉아서 두 손으로 배를 움켜쥐고 큰 소리로 웃고 있었습니다. 빠홈은 꿈 생각을 하고 깜짝 놀랐습니다. 그는 발이 떨어지지 않았지만 앞으로 쓰러지면서도 두 손으로 모자를 잡았습니다.

"정말 장하십니다! 이제 많은 땅을 가지게 되셨네요."
하고 이장이 소리쳤습니다.

머슴이 달려가서 빠홈을 일으켜 세우려고 했지만 그의 입에서는 피가 흐르고 있었습니다. 그는 죽어서 쓰러져 있었던 것입니다. 바쉬끼르 사람들은 혀를 차며 빠홈의 죽음을 애석하게 생각했습니다.

머슴은 삽을 들고 빠홈의 무덤을 판 뒤 거기에 그를 묻었습니다. 머리에서 발끝까지 그가 차지할 수 있었던 땅은 정확히 3아르쉰(1아르쉰은 약 71센티미터—옮긴이)밖에 되지 않았습니다.

# 대자

"'눈은 눈으로, 이는 이로'라고 하신 말씀을 너희는 들었다. 그러나 나는 이렇게 말한다. 앙갚음하지 말아라." (마태오 복음서 5:38-39)

"원수 갚는 것은 내가 할 일이니 내가 갚아 주겠다." (로마서 12:19)

1

어느 가난한 농부네 집에 아들이 태어났습니다. 농부는 기뻐서 어쩔 줄 모르며 이웃집에 가서 아들의 대부가 되어 달라고 했습니다. 그러나 이웃은 거절했습니다. 가난한 농부네 자식의 대부가 되러 가기는 싫은 것입니다. 그래서 농부는 다른 집으로 가 보았지만 거기서도 거절 당했습니다.

이렇게 온 마을을 다 돌아다녀 보았으나, 아무도 대부로 와

주겠다는 사람이 없었습니다. 농부는 다른 마을로 갔습니다. 그때 저쪽에서 걸어오는 한 나그네를 만났습니다. 나그네는 걸음을 멈추고 농부에게 말을 걸었습니다.

"안녕하시오. 어딜 가는 길이오?"

"하느님께서 아이를 주셨답니다. 아이란 젊어서는 구경거리가 되고, 늙어서는 위로가 되고, 죽고 나면 연미사를 올려 주지요. 하지만 가난하다 보니 이 마을에서는 아무도 대부가 되어 주려고 하지 않는군요. 그래서 대부가 되어 줄 사람을 찾으러 가는 길입니다."

그러자 나그네가 말했습니다.

"나를 대부로 써 주시오."

농부는 몹시 기뻐하며 나그네에게 고맙다는 인사말을 하고 나서 물었습니다.

"그런데 대모는 누구로 하면 좋을까요?"

"대모는 상인의 딸에게 부탁해 보시오. 시내에 가면 광장에 가게가 딸린 돌집이 있을 것입니다. 그 집 문 앞에 가서 상인에게 그의 딸이 당신 아들의 대모가 되게 해달라고 부탁해 보시오."

농부는 의심스럽게 생각했습니다.

"대부님, 나 같은 농사꾼이 어떻게 부자 상인을 찾아갈 수 있겠습니까? 우리 같은 건 업신여기고 딸을 보내 주지 않을 겁니다."

"걱정하지 말고 우선 가서 부탁이나 해 봐요. 그리고 내일 아침에 영세 받을 준비를 해 두시오. 내가 가서 대부를 서 줄 테니."

가난한 농부는 집에 돌아갔다가 다시 시내에 있는 상인을 찾아갔습니다. 그리고 마당에다가 말을 세웠습니다. 그때 상인이 나오더니 물었습니다.

"무슨 일로 왔습니까?"

"실은 주인 어른, 하느님께서 아이를 주셨답니다. 아이란 젊어서는 구경거리가 되고, 늙어서는 위로가 되고, 죽고 나면 연미사를 올려 주지요. 제발 댁의 따님을 우리 아들의 대모로 허락해 주십시오."

"영세는 언제 받소?"

"내일 아침입니다."

"좋아요, 돌아가시오. 내일 아침 미사 때쯤 딸을 보내겠소."

이튿날 대부, 대모가 와서 아이는 영세를 받았습니다. 아이의 영세가 끝나자마자 대부는 가 버렸습니다. 그래서 그 사람이 어디에 사는 누군지도 몰랐으며, 그 후로 아무도 본 사람이 없었습니다.


2

아이는 자라면서 부모를 즐겁게 해주었습니다. 힘도 세고 부지런하고 똑똑한 데다 성격도 온순했습니다. 부모는 소년이 열 살이 되자, 글을 가르치려고 학교에 보냈습니다. 다른 아이들 같으면 5년 걸려서 배울 것을 소년은 1년 만에 다 배워 버려 더 이상 배울 것이 없었습니다.

부활절이 되었습니다. 소년은 대모네 집에 가서 부활절 인사를 드린 뒤 집으로 돌아와서 물었습니다.

"아버지, 어머니, 제 대부님은 어디에 사세요? 찾아가서 부활절 인사를 드려야 할 텐데요."

그러자 아버지가 말했습니다.

"귀여운 내 아들아, 우리도 네 대부님이 어디 사시는지 모른단다. 그래서 늘 걱정이란다. 그분은 대부를 서 주신 뒤로 보이지 않으신단다. 소문도 못 들었고 어디에 계신지도 모르고, 살아 계신지 돌아가셨는지도 모른단다."

아들은 아버지, 어머니에게 절하며 말했습니다.

"아버지, 어머니, 대부님을 찾아가게 해주세요. 저는 대부님을 찾아 부활절 인사를 드리고 싶어요."

부모는 아들에게 그렇게 하라고 했습니다. 그리하여 소년은 대부를 찾아 나섰습니다.


3

소년은 집을 나와 길을 떠났습니다. 반나절쯤 가서 소년은 길 가는 나그네를 만났습니다.

나그네는 걸음을 멈추고 물었습니다.

"애야, 너 어딜 가는 길이냐?"

소년은 대답했습니다.

"저는 대모님을 찾아가 부활절 인사를 드리고 왔어요. 그리고 대부님에게도 인사를 드리고 싶어서 부모님께 대부님이 어디에 계시냐고 물어봤어요. 하지만 부모님은 대부님이 어디에 사시는지 모른다고 말씀하셨어요. 그분은 저의 대부를 서 주신 뒤에 떠나 버렸기 때문에 부모님도 대부님이 어떤 분이며 또 어디 사시는 분인지 모른다는 말씀이셨지요. 그래서 저는 대부님을 뵙고 싶어서 이렇게 찾아 나섰습니다."

그러자 나그네가 말했습니다.

"내가 너의 대부란다."

소년은 기뻐서 어쩔 줄 모르며 대부에게 부활절 인사를 드렸습니다.

"대부님, 대부님은 지금 어디로 가세요? 혹시 우리 마을 쪽으로 가시는 길이면 우리 집에 들러 주세요. 그러나 댁으로 가신다면 저도 함께 가겠어요."

그러자 대부가 대답했습니다.

"나는 지금 너희 집에 들를 시간이 없단다. 여러 마을에 볼일이 있어서 집에는 내일이나 돌아갈 예정이다. 그때 오너라."

"어떻게 찾아가면 되나요, 대부님?"

"먼저 해가 떠오르는 쪽으로 곧장 가거라. 그러면 숲이 나오고 그 가운데 풀밭이 보일 것이다. 풀밭에 앉아 좀 쉬면서 무엇이 있나 둘러보아라. 그러고 나서 숲을 벗어나면 정원이 있고, 그 정원 안에 금빛 지붕을 인 집이 있을 것이다. 그곳이 내 집이다. 대문까지 오면 내가 마중 나가마."

이렇게 말하고 대부는 대자의 눈앞에서 사라져 버렸습니다.


4

다음 날 소년은 대부가 가르쳐 준 대로 갔습니다. 한참 걸어가니 과연 숲이 나왔습니다. 그래서 숲 속의 풀밭으로 가 보니 한가운데 소나무 한 그루가 서 있었습니다. 그런데 그 소나무 가지에는 줄이 매어 있고, 그 줄에는 3뿌드(1뿌드는 16.38킬로그램—옮긴이)쯤 되는 참나무 등걸이 매달려 있었습니다. 그리고 그 밑에는 꿀통이 놓여 있었습니다.

이런 곳에 왜 꿀통을 놓아두고 통나무를 매달아 두었을까 생각하기가 무섭게 갑자기 숲 속에서 부스럭거리는 소리가 나더니 곰 몇 마리가 이쪽으로 오고 있었습니다. 어미 곰이 앞장서고 그 뒤에 한 살짜리 곰이, 또 그 뒤에 새끼 곰 세 마리가 따라왔습니다. 어미 곰은 코를 벌름거리며 바로 벌통 쪽으로 갔습니다. 새끼 곰들도 그 뒤를 따랐습니다. 어미 곰이 벌통에 코를 디밀고 새끼 곰을 불렀습니다. 새끼 곰들은 쫓아가서 벌통에 매달렸습니다.

그때 통나무가 조금 움직이더니 제자리로 돌아오면서 새끼 곰을 슬쩍 밀었습니다. 이를 본 어미 곰이 한 발로 통나무를 밀어 버렸습니다. 통나무는 전보다 더 멀리 갔다가 돌아오면서 새끼 곰들의 한복판을 후려쳤습니다. 이 때문에 어떤 놈은 등을 얻어맞고 어떤 놈은 머리를 맞았습니다. 새끼 곰들은 죽는 소리를 내며 도망쳤습니다. 어미 곰은 으르렁거리며 두 발로 통나무를 잡고 머리 위로 올려 힘껏 내던졌습니다. 통나무가 높이 날아가자 한 살짜리 곰이 벌통 곁으로 와 꿀 속에 코를 처박고 쩝쩝 핥아먹었습니다. 다른 새끼 곰들도 다가갔습니다. 그러나 그 곰들이 미처 벌통 곁에 가기도 전에 통나무가 제자리로 돌아오는 바람에 한 살짜리 곰이 머리를 얻어맞고 죽어 버렸습니다.

어미 곰은 먼저보다 더 큰 소리로 으르렁거리며 통나무를 잡고 힘껏 위로 밀어붙였습니다. 통나무는 소나무 가지보다 높이 올라가 줄이 느슨해질 정도였습니다. 어미 곰이 벌통 곁으로 다가갔습니다. 새끼 곰들도 모두 뒤따랐습니다. 그때 하늘로 높이 올라간 통나무가 잠깐 멈추었다가 다시 내려오기 시작했습니다. 통나무는 밑으로 내려올수록 더 빨라졌습니다. 이렇게 빠른 속도로 어미 곰 쪽으로 날아와 어미 곰의 머리를

후려쳤습니다. 어미 곰은 벌렁 나자빠져 네 발을 부르르 떨다
가 죽어 버렸습니다. 그러자 새끼 곰들은 제각기 달아나 버렸
습니다.


5

소년은 놀라서 다시 걸어갔습니다. 마침내 큰 정원에 이르
렀습니다. 정원에는 금빛 지붕을 인 높은 궁전이 있었습니다.
그런데 그 대문 앞에 대부가 서서 웃고 있었습니다. 대부는 소
년에게 어서 오라고 한 뒤 대문 안으로 안내하여 정원을 구경
시켜 주었습니다. 그 아름다움과 정원에 깃들여 있는 기쁨은
꿈속에서도 보지 못하던 것이었습니다.

대부는 소년을 궁전 안으로 데리고 들어갔습니다. 궁전은
한결 더 좋았습니다. 대부는 방들을 다 구경 시켜 주었습니다.
볼수록 훌륭하고 기쁨을 주는 방들이었습니다. 마침내 봉해
둔 문 앞에 이르렀습니다.

"이 문이 보이지?"
하고 대부가 말했습니다.

"여긴 자물쇠가 없고 닫아만 놓았다. 이 문을 열 수는 있으
나 열지 말아라. 그 외엔 어디서나 마음대로 뛰어놀고 살아도
좋다. 무슨 놀이를 하며 즐겨도 괜찮지만 이 방만은 들어가서
는 안 된다. 만약 이 방에 들어가게 되면 네가 숲에서 본 일을

178

생각하게 될 것이다."

이렇게 말하고 대부는 집을 떠나 버렸습니다. 대자는 혼자 그 집에 살게 되었습니다. 그의 생활은 너무나 즐거워 여기 온 지 세 시간밖에 되지 않았는데, 사실은 30년이 흘렀습니다. 30년이 흘렀을 때 대자는 봉해 둔 방문 앞으로 가서 생각했습니다.

'대부님은 왜 이 방에 들어가면 안 된다고 했을까? 이 안에 무엇이 있는지 한번 들어가 보자.'

문을 잡아당기자 봉인이 떨어지며 문이 열렸습니다. 대자는 방 안으로 들어가 보았습니다. 그 방은 궁전 안의 어떤 방보다도 크고 훌륭했습니다. 그리고 방 한가운데에는 금으로 된 옥좌가 놓여 있었습니다.

대자는 방 안을 이리저리 돌아다니다가 옥좌 쪽으로 다가갔습니다. 그리고 층계를 밟고 올라가 그 위에 앉았습니다. 앉아 보니 옥자 옆에 홀이 세워져 있었습니다. 대자는 그것을 잡아 보았습니다. 그러자마자 네 벽이 다 열렸습니다.

사방을 둘러보니 온 세상이 다 보이고, 세상 사람들이 하는 일을 전부 볼 수 있었습니다. 앞을 바라보았습니다. 바다가 보이고 그 위에 배들이 떠다니고 있었습니다. 오른쪽을 보았습니다. 그리스도교인이 아닌 다른 나라 사람들이 살고 있었습니다. 왼쪽을 보았습니다. 그리스도교인이긴 하지만 러시아인이 아닌 사람들이 살고 있었습니다. 네 번째 벽을 바라보았습니다. 우리 러시아 사람들이 살고 있었습니다.

'우리 집에서는 무엇을 하나 한번 보자. 곡식이 잘되었는지 모르겠다.'

그리고 자기 집 밭을 보니 노적가리가 많이 쌓여 있었습니다. 그는 곡식이 얼마나 되나 하고 노적가리를 세기 시작했습니다. 그때 짐수레가 밭 쪽으로 가고 있었습니다. 그 뒤에는 농부 한 사람이 타고 있었습니다. 대자는 아버지가 밤중에 보릿단을 실으러 온다고 생각했습니다. 그러나 가만히 보니 그것은 바실리 꾸드라쇼프라는 도둑이었습니다. 도둑은 노적가리 곁으로 가서 보릿단을 싣기 시작했습니다. 대자는 울화가 치밀었습니다. 그래서 그는 소리쳤습니다.

"아버지, 밭에서 곡식을 훔쳐 가요!"

아버지는 한밤중에 잠에서 깨어나 말했습니다.

"보릿단을 도둑맞는 꿈을 꾸었는데, 어디 한번 가 봐야지."

그리고 말을 타고 밭으로 나갔습니다.

밭에 가 보니 바실리가 있었습니다. 그는 마을 사람들을 소리쳐 불렀습니다. 바실리는 흠씬 두들겨 맞고 손이 묶여 감옥으로 끌려갔습니다.

대자는 또 대모가 사는 시내를 둘러보았습니다. 대모는 어느 장사꾼의 아내가 되어 있었습니다. 대모는 잠들어 있는데 남편이 살그머니 일어나 다른 여자에게 가는 것이었습니다.

대자는 대모에게 소리쳤습니다.

"일어나세요, 주인 아저씨가 나쁜 짓을 했어요!"

대모는 벌떡 일어나 옷을 입고 남편이 간 곳을 찾아내어 함께 있는 여자에게 망신을 주고 흠씬 두들겨 팬 뒤 남편을 내쫓아 버렸습니다.

그리고 대자는 다시 자기 어머니를 보았습니다. 어머니는 집에서 자고 있었습니다. 그런데 도둑이 들어와 금고를 부수려고 했습니다. 어머니는 잠이 깨어 소리쳤습니다. 그것을 본 도둑이 도끼를 들고 어머니를 죽이려 했습니다.

대자는 참을 수가 없어서 홀을 도둑에게 던졌습니다. 관자놀이께를 정통으로 맞은 도둑은 그 자리에서 죽고 말았습니다.


6

대자가 도둑을 죽이기가 무섭게 네 벽이 다시 닫히고 방이 전처럼 되었습니다. 그때 방문이 열리며 대부가 들어왔습니다. 대부는 대자의 곁으로 다가가 그의 손을 잡고 옥좌에서 끌어내리며 말했습니다.

"너는 내 말을 듣지 않았구나. 첫 번째 잘못은 금지된 문을 연 것이고, 두 번째 잘못은 옥좌에 올라가 내 홀을 잡은 일이다. 그리고 세 번째 잘못은 세상에 나쁜 일을 더 많이 보탠 것이다. 만약 네가 한 시간만 더 앉아 있었다면 세상 사람들의 절반을 못 쓰게 만들었을 것이다."

이렇게 말하고 대부는 다시 대자를 옥좌 있는 곳으로 데려가 홀을 잡았습니다. 그러자 다시 네 벽이 열리며 모든 것이 다 보였습니다. 대부가 말했습니다.

"자, 네가 아버지에게 저지른 잘못을 보아라. 바실리는 1년 동안 옥살이를 했는데 그 안에서 나쁜 짓이란 짓은 다 배워 아주 사나워지고 말았어. 봐라, 저기 저 사람은 방금 네 아버지의 말 두 마리를 훔쳤다. 그런데 이번에는 집에 불까지 질러 버릴 것이다. 네가 아버지에게 저지른 잘못은 바로 이런 것이다."

대자는 아버지의 집이 불타는 것을 보았습니다. 그러자 대부는 곧 그것을 닫고 다른 쪽을 보라고 했습니다.

"자, 봐라. 네 대모는 1년 전에 남편이 자기를 버리고 다른 여자들과 딴 곳에서 놀아나는 바람에 괴로워 술을 입에 대기 시작했다. 남편이 저번에 사귀던 여자도 완전히 타락하고 말았고. 네가 대모에게 저지른 잘못은 바로 이런 것이다."

대부는 이것도 닫아 버리고 대자의 집을 가리켰습니다. 어머니의 모습이 보였습니다. 어머니는 자기가 저지른 죄를 뉘우치며 울고 있었습니다.

"차라리 그때 도둑에게 맞아 죽었더라면 이렇게 많은 죄를 짓지는 않았을 텐데."

"네가 어머니에게 저지른 잘못은 바로 이것이다."

대부는 이것도 닫고 저 밑을 가리켰습니다. 도둑이 보였습니다. 간수 두 사람이 감옥 앞에서 도둑의 시체를 지키고 있었습니다. 대부는 대자에게 말했습니다.

"이 도둑은 사람을 아홉이나 죽였다. 그래서 자기가 지은 죄를 자기가 갚지 않으면 안 되었어. 그런데 네가 그 사람을 죽여 버렸기 때문에 네가 그 사람의 죄를 대신 떠맡아야만 한다. 지금부터 너는 저 사람이 지은 모든 죄에 대해서 책임을 져야 한다. 이건 네 스스로 이렇게 만든 것이다. 어미 곰이 처음에 통나무를 살짝 밀었을 때 새끼 곰들은 놀랐을 뿐이다. 그런데 두 번째 밀었을 때는 한 살짜리 곰이 죽고, 세 번째 밀었을 때는 저 자신이 죽고 말았다. 네가 한 짓도 그와 똑같아. 이제 30년이라는 세월을 네게 주겠다. 세상에 나가서 도둑이 지은 죄를 대신 갚도록 하여라. 만약 갚지 못하면 대신 네가 도둑이 될 것이다."

그러자 대자가 말했습니다.

"도둑의 죄를 갚으려면 어떻게 해야 하나요?"

대부가 대답했습니다.

"네가 지은 죄만큼 세상에 나가 죄를 없애 버리면 너와 도둑이 지은 죄를 다 갚게 될 것이다."

대자가 다시 물었습니다.

"세상에 나가 죄를 없애려면 어떻게 해야 하나요?"

대부가 다시 대답했습니다.

"해가 떠오르는 쪽으로 곧장 가거라. 밭이 나오고 그 밭에는 사람들이 있을 것이다. 먼저 그 사람들이 하는 일을 보고 나서 네가 아는 바를 가르쳐 주어라. 그리고 다시 앞으로 가면서 눈에 띄는 것을 눈여겨봐 두어라. 그렇게 나흘쯤 가면 숲이 나올 것이다. 숲 속에는 암자가 있고 그 암자에는 한 노인이 있을 것이다. 그분에게 지금까지 있었던 일을 모두 이야기하여라. 그러면 어떻게 하라고 가르쳐 줄 것이다. 노인이 시키는 일을 다 하면 너와 도둑이 지은 죄를 모두 갚게 된다."

이렇게 말하고 대부는 대문 밖으로 대자를 내보냈습니다.


7

대자는 걷기 시작했습니다. 그리고 걸으면서 생각했습니다.

'이 세상의 죄를 어떻게 없앨 수 있단 말인가? 세상에서는 나쁜 사람을 귀양 보내고 감옥에 가두고 사형에 처하고 있다. 그런데 세상의 죄를 없애고 남의 죄를 내가 떠맡지 않으려면 어떻게 하면 좋을까?'

대자는 생각에 생각을 거듭했으나 뾰족한 수가 떠오르지 않았습니다.

이렇게 걷다 보니 밭이 나왔습니다. 밭에는 곡식이 무르익어 추수할 때를 기다리고 있었습니다. 그런데 대자가 보니 이 곡식밭으로 송아지 한 마리가 뛰어들었습니다. 이를 본 사람들이 말을 타고 송아지를 쫓아 곡식밭을 이리저리 뛰어다녔습니다. 밭에서 송아지가 튀어나오려고 하면 다른 사람이 말을 타고 그 앞에 나타나는 바람에 송아지는 놀라서 다시 곡식밭으로 들어가 버렸습니다. 그러면 사람들도 다시 그 뒤를 쫓아 밭으로 달려가는 것이었습니다. 길가에 한 여자가 서서 울고 있었습니다.

"저 사람들이 우리 송아지를 몰고 있다."

그래서 대자는 농부들에게 말했습니다.

"왜 저런 식으로 소를 모시오? 어서 바깥으로 나오세요. 그리고 저 아주머니가 자기 송아지를 불러내도록 하세요."

농부들은 대자의 말을 따랐습니다. 여자는 밭두둑에 가서 소리쳤습니다.

"누렁아, 이리 온, 이리 온……"

송아지는 귀를 곤두세우고 듣더니 주인 여자 쪽으로 달려나왔습니다. 그리고 곧바로 여자의 치마폭으로 주둥이를 디밀었습니다. 그 바람에 여자는 하마터면 넘어질 뻔했습니다. 농부들도 기뻤고 여자도 기뻤고 송아지도 기뻤습니다.

대자는 다시 걸어가며 생각했습니다.

'악은 악을 낳는다는 것을 이제야 알겠다. 사람들이 악을 몰아치면 몰아칠수록 악은 자꾸 퍼져만 간다. 말하자면 악을 악

으로 없앨 수는 없다. 그러나 무엇으로 악을 없애야 할지 모르겠다. 그 송아지도 주인 여자의 말을 들었으니 망정이지 그렇지 않았다면 어떻게 밭에서 몰아낼 수 있었을까?'

대자는 생각에 생각을 거듭했으나 뾰족한 수가 떠오르지 않았습니다. 그래서 계속 걸어갔습니다.

8

한참 가다 보니 마을이 나왔습니다. 제일 끝 집에 가서 하룻밤 재워 달라고 하자 주인 아주머니가 들어오라고 했습니다. 집 안에는 아무도 없고 여자 혼자서 걸레질을 하고 있었습니다.

대자는 방 안으로 들어가 벽난로 뒤에 앉아서 주인 여자가 하는 일을 지켜보았습니다. 여자는 방 안을 다 훔치고 나서 이번에는 식탁을 물로 씻기 시작했습니다. 그런 다음 더러운 걸레로 닦기 시작했습니다. 한쪽을 문질렀습니다. 식탁은 깨끗이 닦아지지 않았습니다. 더러운 걸레 때문에 식탁 위에 땟자국이 몇 줄 생겨났습니다. 이번에는 다른 쪽을 문질렀습니다. 그러자 먼저 땟자국이 없어지는 대신 새로운 땟자국이 생겨났습니다. 다시 문질러 보았으나 역시 마찬가지였습니다. 더러운 걸레로 닦기 때문에 식탁은 깨끗해질 수가 없었습니다. 먼저 땟자국이 없어지면 다른 땟자국이 생겨나는 것이었습니다. 대자는 한참 동안 이것을 바라보고 있다가 마침내 입을 열었습니다.

"아주머니, 지금 무얼 하시는 거예요?"

"안 보여요? 축제일이어서 청소를 하고 있잖아요. 그런데 이놈의 식탁은 아무리 닦아도 깨끗해지질 않네요. 이젠 녹초가 됐어요."

"그 걸레를 깨끗이 빨아 훔치면 될 텐데요."

주인 여자가 그렇게 해 보자 식탁이 금세 깨끗해졌습니다.

"고마워요, 가르쳐 줘서."

이튿날 아침 대자는 주인 여자와 작별 인사를 나누고 다시 길을 떠났습니다. 한참 걸어가자 숲이 나왔습니다. 농부들이 수레바퀴를 만들고 있는 것이 보였습니다. 가까이 가 보니 농부들이 원을 그리며 돌고 있었으나 나무는 구부러지지 않았습니다. 가만히 들여다보니 나무틀이 꽉 박혀 있지 않아 겉돌고 있었습니다. 이것을 보던 대자가 말했습니다.

"형제들, 무얼 하시오?"

"수레바퀴를 만드는 중이라오. 두 번씩이나 땀을 뻘뻘 흘려 봤지만 나무가 구부러지지 않는군요. 이젠 지쳤어요."

"형제들, 틀을 움직이지 않게 하세요. 그렇지 않으면 틀과 같이 돌게 되니까요."

농부들은 대자의 말을 듣고 나무틀을 움직이지 않게 했습니다. 그러자 일이 잘되어 갔습니다.

대자는 그 사람들의 집에서 하룻밤을 지내고 다시 길을 떠났습니다. 하루 밤낮을 꼬박 걸어 새벽녘에 목동들이 있는 곳에 가서 그 사람들 곁에 누웠습니다. 그 사람들은 가축을 매어 놓고 모닥불을 피웠습니다. 마른 나뭇가지를 주워다가 불을 피우고 있었는데, 불이 활활 타오르기 전에 젖은 나뭇가지를 올려놓았기 때문에 불이 피식피식 소리를 내며 꺼져 버렸습니다. 목동들은 다시 마른 나무를 주워다가 불을 피웠습니다. 그러나 다시 젖은 나뭇가지를 올려놓아 또 불이 꺼지고 말았습니다. 이렇게 목동들은 오래도록 애를 써 봤으나 불은 활활 피어오르지 않았습니다.

그러자 대자가 말했습니다.

"성급히 젖은 나무를 올려놓지 말고 불이 활활 타오르기를 기다렸다가 불길이 세지면 얹도록 하세요."

목동들은 대자가 시키는 대로 불길이 세게 타오른 다음에 젖은 나무를 올려놓았습니다. 그제야 모닥불이 꺼지지 않고 활활 타올랐습니다. 대자는 그 사람들과 같이 잠시 있다가 다시 길을 떠났습니다. 대자는 무엇 때문에 이 세 가지 일을 보여 주었을까 생각해 보았지만 알 수가 없었습니다.


9

대자는 계속 걸어갔습니다. 하루가 지났습니다. 마침내 숲이 나오고 숲 속에는 암자가 있었습니다. 대자는 암자 쪽으로 가까이 가서 문을 두드렸습니다. 그러자 암자 안에서 소리가 들렸습니다.

"거 뉘시오?"

"큰 죄를 지은 사람입니다. 남의 죗값을 갚으려고 왔습니다."

한 은자가 밖으로 나와 물었습니다.

"남의 죄를 짊어졌다니, 어떤 죄를 지었느냐?"

대자는 지금까지 있었던 일을 모두 이야기해 주었습니다. 대부에 대한 이야기, 어미 곰과 새끼 곰들에 대한 이야기, 봉해 둔 방에 들어가 옥좌에 앉은 일, 대부가 자기에게 하라고 한 일, 그리고 밭에서 농부들을 본 일, 그들이 온 밭을 짓밟던 일, 송아지가 주인 여자에게 달려 나오던 일 등을 빼놓지 않고 모두 이야기해 주었습니다.

"악은 악으로 없앨 수 없다는 것을 깨닫긴 했습니다만 악을 없애려면 어떻게 해야 하는지 모르겠습니다. 저에게 그 방법을 가르쳐 주십시오."

그러자 은자가 말했습니다.

"그 외에 네가 여기 오면서 본 일을 말해 보아라."

대자는 어떤 여자가 집 안 청소를 하던 일, 농부들이 수레바퀴를 만들려고 나무를 구부리던 일, 모닥불을 피우던 목동들의 이야기를 은자에게 들려주었습니다.

은자는 이야기를 다 듣고 나서 암자 안으로 들어가더니 이

빨 빠진 도끼 한 자루를 들고 나와서 말했습니다.

"자, 가자."

은자는 암자 구역 내에 있는 어떤 곳으로 가서 나무 하나를 가리켰습니다.

"이 나무를 베어라."

대자가 나무를 베자 나무가 쓰러졌습니다.

"이번에는 그것을 세 토막으로 잘라라."

대자는 나무를 세 토막으로 잘랐습니다. 그러자 은자가 다시 암자로 가서 불을 가져왔습니다.

"이 나무토막 세 개를 태워라."

대자는 불을 피워 나무토막을 태웠습니다. 타다 만 나무토막 세 개가 남았습니다.

"이것을 땅 속에 반쯤 파묻어라. 이렇게."

대자는 타다 만 나무토막 세 개를 각각 파묻었습니다.

"저기 산 아래 강이 보이지? 거기 가서 입으로 물을 길어다가 이 나무토막에 주어라. 첫 번째 나무에는 네가 어느 여자에게 가르쳐 준 대로 물을 주고, 두 번째 나무에는 네가 수레바퀴 만드는 농부들에게 가르쳐 준 대로 물을 주고, 세 번째 나무에는 네가 목동들에게 가르쳐 준 대로 물을 주어라. 이 세 나무토막에서 모두 싹이 움터 사과나무로 자라면 그때 너는 사람들 사이에서 악을 없애는 방법을 알게 될 것이다. 그러면 모든 죄도 갚게 될 것이다."

　이렇게 말하고 은자는 암자로 가 버렸습니다. 대자는 생각하고 또 생각해 보았으나 은자의 말을 제대로 이해할 수 없었습니다. 그러나 대자는 은자가 시키는 대로 하기 시작했습니다.

　10

　대자는 강가로 가서 물을 한입 머금고 와서 타다 만 나무토막 하나에 주었습니다. 그리고 강가로 되돌아가고 또 되돌아가고 이렇게 백 번을 왔다 갔다 했습니다. 그제야 한 그루의 나무를 덮은 흙이 촉촉이 젖었습니다. 그러고 나서 다른 두 그루에도 이렇게 물을 길어다 주었습니다. 대자는 지쳐서 무엇인가 먹고 싶었습니다. 그는 먹을 것을 얻으려고 은자의 암자로 갔습니다. 그러나 문을 열어 보니 은자가 긴 걸상 위에 숨져 누워 있었습니다. 대자는 암자를 뒤져 마른 빵 덩이를 찾아 먹었습니다. 그런 뒤에 작은 삽을 찾아 은자의 무덤을 파기 시작했습니다. 밤에는 타다 만 나무토막에 물을 길어다 주고 낮에는 무덤을 팠습니다. 이렇게 무덤을 파서 은자를 막 묻으려고 하는데 마을에서 사람들이 왔습니다.

　마을 사람들은 은자가 죽으면서 그의 자리를 대자에게 물려준 것으로 생각했습니다. 사람들은 은자를 묻고 대자에게 빵을 남겨 둔 뒤, 다시 오겠다는 약속을 하고 떠났습니다.

대자는 은자의 암자에서 홀로 살게 되었습니다. 대자는 사람들이 가져다 주는 것으로 먹고살면서 은자가 시킨 대로 일을 하였습니다. 강에서 입으로 물을 길어다가 타다 만 나무토막에 주는 것이었습니다.

　이렇게 1년이 지났습니다. 그를 찾는 사람들이 많아졌습니다. 그에 대한 소문이 널리 퍼졌습니다. 숲 속에 성인이 살고 있는데 그 사람은 산 밑에서 입으로 물을 길어다가 타다 만 나무토막에 주면서 도를 닦고 있다는 소문이었습니다. 그러자 많은 사람들이 그를 찾아오게 되었습니다. 돈 많은 상인도 찾아와서 선물을 주고 갔습니다. 그러나 대자는 꼭 필요한 것 외에는 아무것도 가지지 않고 선물로 받은 것은 도로 가난한 사람들에게 나누어 주었습니다.

　대자는 이렇게 살았습니다. 한나절은 입으로 물을 길어다 타다 만 나무토막에 주고, 나머지 한나절은 쉬면서 사람들을 만났습니다. 대자는 이것이 자기에게 주어진 생활이며, 이런 생활을 통해 악을 없애고 모든 죄를 갚을 수 있다고 생각하게 되었습니다.

　이렇게 대자는 또 1년을 보냈습니다. 그는 하루도 거르지 않고 타다 만 나무토막에 물을 주었지만 어느 나무에서도 싹이 돋아나지 않았습니다.

　어느 날 대자가 암자에 앉아 있노라니까 어떤 사람이 말을 타고 노래를 부르며 지나가는 소리가 들렸습니다. 대자는 어떤 사람인가 하고 밖으로 나가 보았습니다. 몸이 튼튼한 젊은 남자였습니다. 옷도 잘 입었고 말도 안장도 값비싼 것이었습니다. 대자는 남자를 불러 세워 어디서 무얼 하는 사람이며, 어디로 가는 길이냐고 물어보았습니다.

남자는 말을 세우고 말했습니다.

"나는 강도인데 길을 돌아다니며 사람을 죽인다. 나는 사람을 많이 죽일수록 기분이 좋아서 노래를 부른다."

대자는 겁에 질려 생각했습니다.

'저 남자의 마음속에 있는 죄악을 어떻게 하면 지워 버릴 수 있을까? 나를 찾아오는 사람들은 자기의 죄를 뉘우치며 그런 말을 내게 하기를 좋아하는데, 저 남자는 나쁜 일을 자랑하고 있지 않은가.'

대자는 아무 말도 하지 않고 그 옆에서 물러나 이렇게 생각했습니다.

'이제 어떻게 살아가야 하나? 저 강도가 이 부근을 돌아다니면 사람들이 무서워 나에게 오지 못할 게 아닌가. 그렇게 되면 그 사람들에게도 이로울 게 없지만 나는 어떻게 살아간담?'

그래서 대자는 발걸음을 멈추고 강도에게 말했습니다.

"여기로 나를 찾아오는 사람들은 누구나 나쁜 일을 자랑하지 않고, 자기가 지은 죄를 뉘우치며 용서해 달라고 빌고 있소.

그러니 젊은이도 하느님의 도움을 받으려면 뉘우치도록 하시오. 만약 뉘우칠 생각이 없다면 이곳을 떠나 다시는 나타나지 마시오. 그리고 내 마음을 어지럽히거나 사람들을 위협하여 내 곁에 못 오게 하지 마시오. 내 말을 듣지 않으면 하느님의 벌을 받을 것이오."

강도는 웃으면서 말했습니다.

"나는 하느님을 두려워하지 않으니 네 말은 듣지 않겠어. 너는 내 주인이 아냐. 너는 기도를 드려 먹고살지만, 나는 강도질로 먹고살지. 사람은 저마다 먹고살아야 하지 않아? 설교 따위는 너를 찾아오는 부인네들에게나 하고 나한테는 집어치워. 네가 하느님 이야기를 내게 한 대가로 내일은 두 사람을 더 죽이겠다. 지금 당장 너를 죽일 수도 있지만, 그런 일로 손을 더럽힐 생각은 없다. 그러니까 앞으로는 내 눈에 띄지 않도록 해."

이렇게 위협한 뒤 강도는 떠나 버렸습니다. 그 후로 강도는 다시 오지 않았으므로 대자는 전처럼 평온하게 살았습니다. 그렇게 8년이 지나자 대자는 지루한 생각이 들었습니다.


11

어느 날 밤 대자는 타다 만 나무토막에 물을 주고 나서 암자로 돌아와 쉬고 있었습니다. 그리고 이제 곧 사람들이 찾아올 때가 되었을 텐데 하고 오솔길을 바라보며 앉아 있었습니다.

그런데 그날은 아무도 찾아오는 사람이 없었습니다. 대자는 저녁 때까지 혼자 가만히 앉아 있었습니다. 그는 적적하여 지금까지 자기가 걸어온 길을 생각해 보았습니다. 그러다가 문득, 너는 하느님께 기도나 드리며 먹고사는 놈이라는 강도의 비난이 떠올랐습니다. 그래서 대자는 지금까지 자기가 걸어온 길을 돌이켜 보며 이렇게 생각했습니다.

'나의 생활은 은자의 가르침과는 다른 것 같다. 은자는 나에게 벌을 내렸는데, 나는 그것을 가지고 빵이나 얻어먹고 사람들의 칭찬을 바라게 되었다. 그리고 칭찬 받고 싶은 유혹에 빠져 사람들이 찾아오지 않으면 시무룩해지고 사람들이 찾아오면 나를 성인으로 받들어 모시는 줄 알고 좋아한다. 이런 생활을 해서는 안 되겠다. 사람들의 칭찬에 눈이 어두워 과거의 죄를 갚기는커녕 새로 죄를 짓지 않았는가. 사람들의 눈에 띄지 않는 깊은 산속으로 떠나야겠다. 혼자 살면 옛날의 죄를 갚게 되고 새로운 죄를 짓지 않게 될 것이다.'

대자는 이렇게 생각하고 마른 빵이 든 작은 자루와 삽을 가지고 암자를 떠나 골짜기로 내려갔습니다. 깊은 산속에 움집을 짓고 사람들로부터 자취를 감추기 위해서였습니다.

이렇게 빵 자루와 삽을 들고 가는데 저쪽에서 강도가 말을 타고 오고 있었습니다. 대자는 놀라서 도망치려고 했지만 강도에게 붙잡히고 말았습니다.

"어딜 가는 거요?"

하고 강도가 물었습니다.

대자는 사람들을 피해 아무도 찾아오지 못할 곳으로 가고 싶다고 말했습니다. 강도는 이상하게 생각하며 물었습니다.

"사람들이 찾아오지 않으면 무얼 먹고 살 거요?"

그런 생각은 아직 해 본 일이 없으나 강도가 그렇게 묻자 대자는 먹을 것을 생각하게 되었습니다.

"하느님이 주시는 것으로 살아가면 되겠죠."

하고 대자는 대답했습니다.

강도는 아무 말 없이 떠나 버렸습니다. 그러자 대자는 생각했습니다.

'나는 저 남자의 생활에 대해서 아무것도 물어보지 않았다. 어쩌면 지금쯤 뉘우치고 있을지도 모른다. 오늘은 전보다 좀 부드러워진 것 같고 사람을 죽이겠다고 위협하지도 않았다.'

그래서 대자는 강도의 등에다 대고 소리쳤습니다.

"아무튼 당신은 죄를 뉘우치지 않으면 안 되오. 하느님을 피할 수는 없으니까!"

강도는 말 머리를 돌렸습니다. 그리고 허리춤에서 칼을 뽑아 대자를 내리치려고 했습니다. 대자는 깜짝 놀라 숲 속으로 도망쳤습니다.

강도는 뒤쫓아 오려 하지 않고 이렇게 말할 뿐이었습니다.

"두 번은 용서해 줬지만, 세 번째는 내 눈에 띄지 않도록 해. 그땐 죽여 버리겠어."

이렇게 말하고 강도는 가 버렸습니다. 저녁에 대자는 타다 만 나무토막에 물을 주려고 갔습니다. 그런데 한 나무토막에 싹이 돋아나 있었습니다. 그것은 사과나무였습니다.

12

대자는 사람들 곁에서 자취를 감추고 혼자 살기 시작했습니다. 마침내 빵도 다 떨어졌습니다. 대자는 생각했습니다.

'이젠 풀뿌리라도 캐러 가야겠다.'

풀뿌리를 캐러 나가다 보니 나뭇가지에 빵 주머니가 걸려 있었습니다. 대자는 그것을 가져다 먹기 시작했습니다. 빵이 떨어지면 곧 또 다른 빵 주머니가 그 나뭇가지에 걸려 있었습니다. 대자는 이렇게 살아갔습니다. 그에게 단 한 가지 고민이 있다면 강도가 나타나지 않을까 하는 두려움이었습니다. 그래서 강도가 나타나는 기척이 있으면 얼른 몸을 숨기며 생각했습니다.

'저자의 손에 잡혀 죽으면 나는 죄를 갚지 못한다.'

이렇게 또 10년이 흘렀습니다. 사과나무는 한 그루만 자랄 뿐, 나머지 둘은 여전히 타다 만 채로 남아 있었습니다.

하루는 대자가 아침 일찍 일어나 일을 하러 갔습니다. 타다

만 나무토막 둘레에 촉촉이 물을 주고 앉아 쉬었습니다. 앉아 쉬면서 그는 이런 생각을 해 보았습니다.

'나는 또 죄를 지었다. 죽음을 두려워하게 된 것이다. 하느님이 원하신다면 죽음으로 나의 죄를 갚으리라.'

이런 생각을 하는 순간 갑자기 인기척 소리가 들려왔습니다. 강도가 욕을 하며 말을 타고 오는 소리였습니다. 대자는 그 소리를 듣고 생각했습니다.

'좋은 사람이든 나쁜 사람이든 하느님 외에 누가 나에게 사람을 보내겠는가.'

그는 강도 쪽으로 걸음을 옮겼습니다. 강도는 혼자가 아니라 안장 뒤에 어떤 남자를 태워 가지고 어디로 가는 길이었습니다. 남자는 손과 입이 묶여 있었습니다. 남자는 가만히 있는데 강도는 그에게 욕을 하고 있었습니다. 대자는 강도 쪽으로 가서 말 앞을 가로막으며 말했습니다.

"이 사람을 어디로 데려가는가?"

"숲 속으로. 이놈은 장사꾼의 아들인데, 지 아비의 돈을 어디에 숨겨 두었는지 입을 열지 않는단 말야. 입을 열 때까지 두들겨 패야지."

이렇게 말하고 강도는 지나가려고 했습니다. 그러나 대자는 말고삐를 잡고 놓지 않았습니다.

"이 사람을 놔주게."

강도는 화를 내며 대자에게 채찍을 쳐들었습니다.

"너도 이런 꼴을 당하고 싶어? 약속한 대로 너를 죽여 버리겠다. 이것 놔."

그러나 대자는 두려워하지 않았습니다.

"못 놓겠네. 내가 두려운 건 자네가 아니라 하느님뿐이야. 그런데 하느님은 이걸 놓아주지 말라는 분부셔. 이 사람을 놔주게."

강도는 얼굴을 찌푸리며 칼을 뽑아 오랏줄을 끊은 뒤 상인의 아들을 놔주었습니다.

"두 놈 다 꺼져 버려. 두 번 다시 내 눈에 띄지 않도록 해."

상인의 아들은 말에서 펄쩍 뛰어내려 달아나기 시작했습니다. 강도는 그냥 가려고 했으나 대자는 다시 그를 불러 세우며 그런 나쁜 생활은 이제 그만두라고 말했습니다. 강도는 잠깐 동안 서서 대자의 말을 다 듣고 난 뒤 아무 말도 없이 떠나 버렸습니다.

이튿날 아침 대자가 타다 만 나무토막에 물을 주려고 가 보니 또 한 그루에 싹이 돋아나 있었습니다. 역시 사과나무였습니다.

13

다시 10년이 흘렀습니다. 어느 날 대자는 움막 속에 앉아 있었습니다. 그는 더 이상 아무것도 바랄 것이 없고 겁나는 일이 없었습니다. 마음은 기쁨으로 가득 차 있었습니다. 대자는 생각했습니다.

'하느님은 사람에게 얼마나 큰 행복을 주시는지 모른다. 그런데 사람들은 공연히 자기 자신을 괴롭히고 있다. 기쁨 속에 살아갈 수 있는데도.'

그리고 사람들이 자신을 괴롭히는 모든 죄악을 생각해 보았습니다. 그러자 사람들이 불쌍해졌습니다.

'내가 왜 쓸데없이 이런 생활을 하나? 바깥 세상에 나가서 내가 아는 바를 사람들에게 알려 줘야지.'

이런 생각을 하기가 무섭게 인기척 소리가 들려왔습니다. 강도가 말을 타고 오는 소리였습니다. 대자는 강도가 지나가도록 가만히 내버려 두면서 생각했습니다.

'저런 놈에게 이야기해 봤자 못 알아들을 거야.'

처음에는 그렇게 생각했으나 나중에 생각을 고쳐먹고 밖으로 나갔습니다. 강도는 우울한 얼굴로 땅을 내려다보면서 말을 몰고 있었습니다. 대자는 그를 보자 불쌍한 생각이 들었습니다. 그래서 쫓아가 그의 무릎을 잡고 말했습니다.

"사랑하는 형제여, 부디 자기의 영혼을 불쌍히 생각하게! 자네의 마음속에도 하느님이 계시니까. 자네는 스스로 괴로워하며 남도 괴롭혀 왔어. 앞으론 더 괴로움을 겪게 될 거야. 그러나 하느님께서는 자네를 얼마나 사랑하시며 어떤 행복을 주시려고 하는지 아는가? 제발 자신을 망치는 일은 하지 말게, 형제여. 그리고 자네의 생활을 고치게."

강도는 얼굴을 찌푸리고 고개를 돌리며 말했습니다.

"비켜."

대자는 강도의 무릎을 더 꼭 잡고 눈물을 흘렸습니다. 강도가 눈을 치켜 뜨며 대자를 내려다 보았습니다. 그러다가 말에서 내려 대자 앞에 무릎을 꿇었습니다.

"영감님, 당신이 저를 이겼습니다. 20년 동안 저는 당신과 싸워 왔으나 결국 지고 말았습니다. 이제 저는 제 자신을 마음대로 할 수 없게 되었습니다. 그러니 당신 마음대로 하십시오. 당신이 처음 제게 설교하려 했을 때 나는 화만 더 났을 뿐이었습니다. 제가 당신의 말을 생각하게 된 것은 당신이 사람들로부터 아무것도 바라서는 안 된다는 것을 깨닫고 산속으로 피해 갈 때였습니다."

그때 대자는 옛날에 농가의 아주머니가 걸레를 깨끗이 빨았을 때 비로소 식탁을 깨끗이 닦을 수 있었던 일을 생각했습니다. 그처럼 대자도 자기 걱정을 그만두고 먼저 자기 마음을 깨끗이 했을 때 남의 마음도 깨끗이 할 수 있다는 것을 알았습니다.

강도는 말을 이었습니다.

"그러나 내 마음이 변하게 된 것은 당신이 죽음을 두려워하

지 않게 되었을 때부터였습니다."

그때 대자는 농부들이 받침틀을 움직이지 않게 했을 때 비로소 수레바퀴의 나무를 구부릴 수 있었던 일을 생각했습니다. 그처럼 대자도 죽음을 두려워하지 않고 자신의 생활을 하느님 안에 확고하게 두었을 때 순종하지 않던 마음이 길들여진다는 것을 알았습니다.

강도는 다시 말했습니다.

"내 마음이 눈처럼 완전히 녹아 버린 것은 당신이 나를 불쌍히 여겨 내 앞에서 눈물을 흘렸을 때였습니다."

대자는 몹시 기뻐하며 타다 만 나무토막이 있는 곳으로 그를 데리고 갔습니다. 가까이 가 보니 마지막 나무토막에서도 사과나무의 싹이 움트고 있었습니다.

그때 대자는 목동들의 모닥불이 활활 타오른 후에야 비로소 젖은 나무가 타던 일을 생각했습니다. 그처럼 대자도 자기 마음이 먼저 타오른 후에야 남의 마음을 태울 수 있다는 것을 알았습니다.

이제야 죄를 다 갚게 된 대자는 몹시 기뻤습니다. 대자는 그 이야기를 강도에게 다 들려주고 나서 영원히 눈을 감고 말았습니다. 강도는 대자를 장사 지낸 뒤 그가 시킨 대로 사람들을 가르치며 살았습니다.

# 세 수도사

"너희는 기도할 때에 이방인들처럼 빈말을 되풀이하지 말아라. 그들은 말을 많이 해야만 하느님께서 들어주시는 줄 안다. 그러니 그들을 본받지 말아라. 너희의 아버지께서는 구하기도 전에 벌써 너희에게 필요한 것을 알고 계신다."

(마태오 복음서 6:7−8)

어떤 주교가 배를 타고 아르한겔스크11에서 솔로베쯔끼로 가고 있었습니다. 그 배에는 성자들을 찾아가는 순례자들이 타고 있었습니다. 바람도 잔잔하고 날씨도 맑아 배는 흔들리지 않았습니다. 순례자들은 눕거나 무엇을 먹으면서, 혹은 한데 모여 앉아 서로 이야기를 주고받고 있었습니다. 주교도 갑판 위로 나가서 다리 위를 왔다 갔다 했습니다.

그러다가 뱃머리 쪽으로 가 보았습니다. 그곳에는 한 무리의 사람들이 모여 있었습니다. 그 가운데 한 어부가 바다 저쪽을 향해 손짓하며 무언가 말하고 있었고, 다른 사람들은 그것을 듣고 있었습니다. 주교도 걸음을 멈추고 어부가 가리키는 쪽을 바라보았습니다. 그러나 햇빛에 바다만 반짝일 뿐 아무것도 보이지 않았습니다. 주교는 좀더 다가가 이야기에 귀를 기울이려고 했습니다. 주교를 보자 어부는 모자를 벗고 절을 하더니 그만 입을 다물고 말았습니다. 다른 사람들도 주교를 보고 역시 모자를 벗어 절을 했습니다.

그러자 주교가 말했습니다.

"형제들, 꺼려 하지 마십시오. 착한 양반, 나도 당신의 이야기를 들으러 왔으니까요."

"실은 이 어부가 세 명의 수도사에 대한 이야기를 들려주던 참이었습니다."

한 상인이 용기를 내어 말했습니다.

"수도사에 대한 이야기라니, 어떤 이야기입니까?"

주교는 이렇게 묻고 뱃전으로 가서 궤짝 위에 앉았습니다.

"나도 좀 들어 봅시다. 아까 당신은 무엇을 가리켰습니까?"

"저기 작은 섬이 보이지요?"

어부는 말하며 오른쪽 앞을 가리켰습니다.

"바로 저 섬에 세 노인이 수도를 하고 있어요."

"작은 섬은 대체 어디 있습니까?"

주교가 물었습니다.

"제가 가리키는 쪽을 보십시오. 저기 구름이 있습니다. 거기서 좀 왼편 아래쪽으로 띠처럼 보이는 게 그 섬이랍니다."

주교는 보고 또 보았으나 햇빛에 물이 반짝이는 바람에 그것에 익숙지 못한 그로서는 아무것도 볼 수 없었습니다. 그래서 주교는 물었습니다.

"내 눈에는 안 보입니다만, 그 섬에 어떤 수도사들이 살고 있습니까?"

어부가 대답했습니다.

"하느님 같은 분들이죠. 그분들의 얘기는 오래 전부터 들어 왔지만 그동안 저도 뵐 기회가 없었습니다. 그러다가 재작년 여름에야 뵙게 되었습니다."

이어 어부는 고기잡이 나갔다가 풍랑에 휩쓸려 그 섬에 간 이야기를 다시 시작했습니다. 그는 자기가 있는 곳이 어딘지도 몰랐습니다. 그래서 이른 아침부터 섬을 둘러보다가 우연히 움막을 발견했습니다. 그 앞에는 한 노인이 서 있었습니다. 잠시 후 두 노인이 또 움막에서 나왔습니다. 그 사람들은 그에게 먹을 것도 주고 옷도 말려 주고 배 고치는 일을 도와주기도 했습니다.

주교가 물었습니다.

"그 사람들은 어떻게 생겼던가요?"

"한 분은 작달막한 키에 등이 구부러진 노인이었는데, 허름한 수도복을 입고 있었습니다. 분명히 백 살은 넘었을 거예요. 턱수염은 푸른빛이 돌 만큼 백발이었고 얼굴에는 언제나 천사처럼 밝은 웃음을 띠고 있었습니다. 또 한 분은 그보다 키가 좀 큰, 역시 나이 많은 분으로 찢어진 까프딴을 입고 있었습니다. 그분은 누르스름한 턱수염을 넓게 기른 힘센 노인이었습니다. 그래서 내가 미처 거들기도 전에 노인은 제 배를 물통처럼 뒤집어 버렸습니다. 역시 쾌활한 분이었습니다. 그런데 세 번째 분은 턱수염이 무릎까지 길게 내려온 백발노인이었습니다. 그러나 어딘지 우울하고 눈썹이 온통 눈을 가리고 있었습니다. 이분은 벌거숭이 몸으로 허리에 거적 같은 것을 두르고 있을 뿐이었습니다."

"그래, 그분들이 당신하고 무슨 말을 했습니까?"

하고 주교가 물었습니다.

"대체로 아무 말 없이 일했고 자기네들끼리도 별로 말이 없었습니다. 한 사람이 바라보기만 해도 다른 사람은 이미 마음을 다 알았습니다. 저는 키 큰 분에게 여기 산 지 오래되셨냐고 물어보았습니다. 그분은 얼굴을 찡그리며 뭐라고 했는데, 그 표정이 마치 화를 내고 있는 것 같았습니다. 그때 제일 나이 많은 작달막한 노인이 그의 손을 잡고 웃어 보이자, 키 큰 노인은 가만히 있었습니다. 제일 나이 많은 노인은 미안하다고 한마디 할 뿐 웃고만 있었습니다."

어부가 이야기하는 동안 배는 점점 섬 가까이로 다가갔습니다.

"이제 또렷이 보이게 됐습니다. 자, 주교님, 보십시오."

상인은 섬 쪽을 가리키며 말했습니다.

주교는 그쪽을 바라보았습니다. 검은 띠 같은 작은 섬이 분명히 보였습니다. 주교는 한참 동안 섬을 바라보다가 배의 뒤쪽에 있는 키잡이 곁으로 다가가서 물었습니다.

"저게 무슨 섬이지요? 저기 보이는 섬 말이오."

"이름 없는 섬입니다. 저런 섬은 이 근처에 얼마든지 있지요."

"저 섬에 있는 노인들이 수도를 하고 있다는데, 정말인가요?"

"그런 말은 있습니다, 주교님. 하지만 그게 사실인지 아닌지는 저도 모르겠습니다. 어부들이 봤다고는 하지만, 그 사람들은 함부로 막 지껄여 대니까요."

"저 섬으로 가서 노인들을 만나 보고 싶은데 어떻게 하면 갈 수 있겠소?"

하고 주교가 물었습니다.

"큰 배로는 갈 수 없습니다. 보트로는 갈 수 있습니다만, 그건 선장님에게 물어봐야 합니다."

하고 키잡이가 말했습니다.

선장이 불려 왔습니다. 그러자 주교가 말했습니다.

"저 섬의 노인들을 만나 보고 싶은데 나를 좀 데려다 줄 수 있겠소?"

선장은 그만두게 하려고 했습니다.

"갈 수야 있습니다만 시간이 많이 걸립니다. 외람된 말씀이지만 그 사람들은 볼 만한 가치가 없다고 생각됩니다. 제가 듣기엔 아주 바보 같은 노인들이 살고 있는데, 아무것도 모를 뿐 아니라 바다 고기처럼 말도 못한다더군요."

"하지만 한번 만나 보고 싶소. 수고비는 드릴 테니 나를 좀 데려다 주시오."

하고 주교가 말했습니다.

선원들은 선장의 지시로 하는 수 없이 돛을 바꾸었습니다. 키잡이는 뱃머리를 돌려 섬 쪽으로 향했습니다. 뱃머리 쪽에 주교가 앉을 의자를 내왔습니다. 주교는 의자에 앉아서 앞을 바라보았습니다. 다른 사람들도 모두 뱃머리로 몰려와 섬 쪽을 바라보았습니다. 눈이 밝은 사람들에게는 섬의 바위와 움막이 보였습니다. 한 사람은 이미 세 노인의 모습을 발견하였습니다. 선장은 망원경을 꺼내어 섬을 살펴본 다음 주교에게 주며 말했습니다.

"분명히 보입니다. 큰 바위 오른편 언덕에 세 사람이 서 있습니다."

주교는 망원경을 눈에 대고 자기가 보고자 하는 곳으로 가

저갔습니다. 분명히 세 사람이 서 있었습니다. 하나는 키가 크고, 하나는 그보다 좀 작고, 또 하나는 아주 작았습니다. 세 사람은 손을 잡고 해변에 서 있었습니다.

선장은 주교 곁으로 가서 말했습니다.

"주교님, 이 배는 여기서 멈추어야만 합니다. 더 가려면 여기서부터는 보트를 타고 가셔야만 합니다. 우리는 여기서 닻을 내리고 기다리겠습니다."

곧 닻줄이 풀리고 닻이 던져지고 돛이 내려졌습니다. 배가 멈추자 흔들거렸습니다. 보트가 내려지고 노 저을 사람들이 뛰어내렸습니다. 그 다음 주교가 사다리를 타고 내려갔습니다. 주교가 사다리를 다 내려가 보트의 의자에 앉자, 선원들은 섬을 향해 노를 저어 가기 시작했습니다. 돌팔매질을 하면 닿을 거리까지 다가갔으나 세 노인은 그대로 서 있었습니다. 키 큰 노인은 벌거숭이 몸으로 허리에 거적때기 같은 것을 하나만 두르고, 그보다 작은 노인은 찢어진 까프딴을 입고, 제일 나이 많은 노인은 다 해진 수도복을 입고, 셋이서 손을 잡고 서 있었습니다.

선원들은 보트를 해변에 대고 밧줄을 묶었습니다. 주교가 내렸습니다. 노인들이 머리를 굽혀 절하자 주교는 축복을 내렸습니다. 그 사람들은 머리를 더 깊이 숙였습니다. 그러자 주교가 사람들에게 말했습니다.

"나는 당신들이 여기서 자기 영혼을 구하기 위해 수도를 하며, 세상 사람들을 위해 그리스도에게 기도하고 있다는 말을 들었습니다. 여기 서 있는 나는 보잘것없는 그리스도의 종이오나 하느님의 은총으로 그분의 종을 돌보라는 부름을 받고 왔습니다. 그래서 하느님의 종인 여러분을 만나 뵙고, 가능하면 아무것이나 가르쳐 드리고 싶습니다."

노인들은 잠자코 웃으면서 서로 바라보기만 했습니다. 그러자 주교가 말했습니다.

"영혼을 구하기 위해 어떻게 수도를 하고 있으며 또 어떻게 하느님을 섬기고 있는지 말씀해 주십시오."

중키의 노인이 한숨을 쉬며 제일 나이 많은 노인을 바라보았습니다. 키 큰 노인 역시 얼굴을 찌푸리고 제일 나이 많은 노인을 바라보았습니다. 그러자 제일 나이 많은 노인이 싱긋 웃으면서 말했습니다.

"하느님의 종인 우리는 하느님을 섬길 줄 모릅니다. 다만 우리 자신을 섬기고 우리 자신을 키워 나갈 뿐입니다."

"그럼 하느님께는 어떻게 기도드리지요?"
하고 주교가 물었습니다.

그러자 제일 나이 많은 노인이 대답했습니다.

"우리는 이렇게 기도드리고 있습니다. 당신께서도 셋, 우리도 셋이오니 우리를 어여삐 여기소서!"

제일 나이 많은 노인이 이 말을 하자마자 세 노인이 다 같이 하늘로 눈을 쳐들고 말했습니다.

"당신께서도 셋, 우리도 셋이오니 우리를 어여삐 여기소서!"

주교는 웃으면서 말했습니다.

"당신들은 삼위일체라는 말을 들은 모양인데 기도는 그렇게 하는 것이 아닙니다. 하느님의 종이여, 나는 당신들이 마음에 들었습니다. 여러분은 하느님을 기쁘게 해드리려고 하는데 그분을 어떻게 섬겨야 하는지 모르고 있는 것 같군요. 기도는 그렇게 하는 것이 아닙니다. 내가 가르쳐 드릴 테니 잘 들으세요. 그러나 지금 여러분에게 가르쳐 드리려는 것은 내가 지어낸 말이 아니라 하느님께서 모든 사람에게 기도는 이렇게 하는 것이라고 그분의 책 속에서 이르신 말씀입니다."

그리고 주교는 하느님이 어떻게 세상 사람들 앞에 나타났는지를 설명해 주었습니다. 이어 성부, 성자, 성령에 대한 이야기도 들려주었습니다.

"성자는 인류를 구제하기 위해 이 땅에 내려오셔서 우리 모두에게 기도하는 법을 가르쳐 주셨습니다. 내 말을 잘 듣고 따라 하도록 하세요."

주교는 말하기 시작했습니다.

"우리 아버지시여."

그러자 한 노인이 따라 했습니다.

"우리 아버지시여."

또 한 노인이 따라 했습니다.

"우리 아버지시여."

"하늘에 계신."

하고 주교는 계속 말했습니다.

"하늘에 계신."

노인들도 따라 했습니다. 그러나 이번에는 중키의 노인이 제대로 따라 하지 못했습니다. 키가 큰 벌거숭이 노인도 따라 외지 못했습니다. 그의 콧수염이 입을 덮고 있었기 때문에 제대로 말을 할 수 없었던 것입니다. 제일 나이 많은 이 없는 노인도 역시 알아들을 수 없게 중얼거렸을 뿐입니다.

주교는 다시 한번 되풀이했습니다. 노인들도 다시 되풀이했습니다. 주교는 작은 바위 위에 걸터앉고 세 노인은 그 주위에 둘러서서 주교의 입을 들여다보았습니다. 그리고 주교가 말하면 따라서 했습니다. 이렇게 주교는 하루 종일 저녁 때까지 세 노인을 붙들고 애를 썼습니다. 같은 말을 열 번, 스무 번, 백 번까지 되풀이한 적도 있습니다. 노인들도 그를 따라 했습니다. 주교는 그들이 잘못하면 그것을 고쳐 주면서 처음부터 되풀이시켰습니다.

주교는 노인들이 기도문을 다 욀 때까지 그들의 곁을 떠나지 않았습니다. 노인들은 주교의 말을 따라 하다가 나중에는 자기들끼리 외었습니다. 중키의 노인이 제일 먼저 기도문을 다 외어 혼자 되뇌었습니다. 그래서 주교는 그 노인에게 자꾸만 되풀이하라고 했습니다. 그러자 다른 두 노인도 기도문을 다 외게 되었습니다.

어느덧 날이 어두워졌습니다. 주교는 바다에서 달이 떠오를 무렵에야 큰 배로 돌아가기 위해 자리에서 일어났습니다. 주교가 작별 인사를 하자 세 노인은 코가 땅에 닿도록 절을 했습니다. 주교는 그들을 일으켜 세워 일일이 입맞춰 주었습니다. 그리고 자기가 가르쳐 준 대로 기도하라고 이른 뒤 보트를 타고 큰 배로 향했습니다.

큰 배로 오는 동안 세 노인이 큰 소리로 기도문을 외는 소리가 계속 들려왔습니다. 보트가 큰 배에 가까워지자 노인들의 목소리는 이미 들리지 않게 되었으나 그 모습만은 달빛에 환히 보였습니다. 세 노인은 주교가 그 섬으로 갈 때 서 있던 바로 그 해변에 서 있었습니다. 제일 작은 노인이 가운데 서고 키 큰 노인이 그 오른편에, 중키의 노인이 왼편에 서 있었습니다.

큰 배에 이르러 주교가 갑판 위에 오르자 닻과 돛이 올려지고 배는 천천히 움직이며 앞으로 나아가기 시작했습니다. 주교는 배의 뒤쪽으로 가 앉아 계속 섬을 바라보고 있었습니다. 처음 얼마 동안은 노인들의 모습이 보였으나 얼마 안 있어 눈에서 사라지고 섬만 조그맣게 보였습니다. 나중에는 섬도 사라지고 바다만 달빛에 어른거릴 뿐이었습니다.

순례자들은 잠이 들고 갑판 위는 아주 조용했습니다. 그러나 주교는 잠이 오지 않아 혼자 배 뒷전에 앉아 사라져 간 섬쪽 바다를 바라보며 착한 노인들을 생각하고 있었습니다. 주교는 노인들이 기도문을 알게 되어 얼마나 기뻐할까 생각했습니다. 그리고 신과 같은 세 노인을 도와주고 그들에게 하느님의 말씀을 가르쳐 주도록 그 섬에 인도하여 주신 하느님께 감사를 드렸습니다.

주교는 이렇게 앉아서 사라져 간 섬 쪽을 바라보며 생각에 잠겨 있었습니다. 그런데 갑자기 눈이 부시며 여기저기서 달빛이 물결에 춤추기 시작했습니다. 그리고 달빛 속에서 갑자기 무언가 하얗게 반짝이는 것이 보였습니다. 새일까, 갈매기일까, 아니면 보트의 돛이 반짝이는 것일까. 주교는 자세히 바라보며 생각했습니다.

'보트가 돛을 달고 우리를 쫓아오는 모양이군. 얼마 안 있으면 우리를 따라잡을 거야. 처음에는 멀었는데 이젠 아주 가까워졌어. 그런데 보트는 아닌 것 같아. 돛 모양도 아니고. 하여튼 무엇이 우리를 쫓아와 따라잡을 것 같다.'

주교는 그것이 무엇인지 도저히 분간할 수 없었습니다. 배 같기도 하고, 새 같기도 하고, 물고기 같기도 하였습니다마는 또 그렇지가 않았습니다. 어떻게 보면 사람 같기도 한데 사람 치고는 너무 컸고, 또 사람이 바다 한가운데 서 있을 리가 없었습니다. 주교는 일어나 키잡이 곁으로 가서 말했습니다.

"저걸 좀 보시오. 저게 뭡니까? 형제, 저게 뭐지요? 대체 저게 무엇인가요?"

주교는 이렇게 묻고 있었지만, 이미 자기 눈으로도 보고 있었습니다.

"노인들이 바다를 달려오는군. 흰 수염을 번쩍이며 마치 부둣가에 서 있는 배로 다가오듯 이쪽으로 달려오고 있소."

키잡이는 뒤돌아보고 깜짝 놀라 키를 내동댕이치고 큰 소리로 외쳤습니다.

"큰일났다! 노인들이 우리를 따라오고 있다. 땅처럼 바다 위를 달려서."

이 말을 듣고 다른 사람들도 모두 일어나 배 뒤쪽으로 갔습니다. 과연 노인들이 서로 손을 잡고 달려오고 있는 것이 보였습니다. 양쪽에 선 노인들이 배를 세우라고 손을 흔들어 댔습니다. 세 노인들은 모두 땅처럼 바다 위를 달려오고 있었으나 발은 움직이지 않았습니다.

배를 멈출 겨를도 없이 노인들이 뱃전으로 와서 머리를 쳐들고 똑같이 말했습니다.

　"하느님의 종이시여, 우리는 당신의 가르침을 잊어버렸습니다! 입으로 외고 있는 동안에는 알고 있었는데 한 시간쯤 쉬는 동안에 그만 첫마디를 잊고 말았습니다. 그러다 보니 나머지 말도 다 잊어버렸습니다. 이젠 하나도 기억이 나지 않으니 다시 우리에게 가르쳐 주십시오."

　주교는 성호를 긋고 세 노인에게 말했습니다.

　"하느님의 노인들이시여, 여러분의 기도는 이미 하느님께 닿았습니다. 당신들을 가르칠 사람은 내가 아닙니다. 오히려 당신들이 죄 많은 우리를 위해 기도해 주십시오!"

　그리고 주교는 코가 땅에 닿도록 노인들에게 절을 했습니다. 그러자 노인들은 돌아서서 온 길을 되돌아갔습니다. 노인들이 사라져 간 쪽에서는 한줄기 빛이 새벽까지 빛나고 있었습니다.

# 뉘우치는 죄인

"예수님, 예수님께서 왕이 되어 오실 때에 저를 꼭 기억하여 주십시오." 하고 간청하였다. 예수께서는 "오늘 네가 정녕 나와 함께 낙원에 들어가게 될 것이다." 하고 대답하셨다.　　　　(루가 복음서 23:42−43)

옛날 어느 곳에 한 노인이 살고 있었습니다. 노인은 칠십 평생 동안 온갖 죄악 속에서 살아왔습니다. 그러다가 어느 날 병을 앓게 되었는데 그래도 노인은 뉘우칠 줄 몰랐습니다. 마침내 죽음의 시각이 닥쳐왔습니다. 마지막 순간에 그 사람은 울면서 하느님께 빌었습니다.

"주여, 당신께서 십자가에 매달린 도둑을 용서하듯 저도 용서하여 주시옵소서!"

이 말을 하자마자 그의 영혼은 육체를 떠났습니다. 그리고 죄인의 영혼은 하느님을 사랑하고 하느님의 자비를 믿었기 때문에 천국의 문 앞에 이르렀습니다.

죄인은 문을 두드리고 천국으로 들여보내 달라고 간청했습니다. 그러자 문 뒤에서 어떤 목소리가 들려왔습니다.

"어떤 사람이 천국의 문을 두드리는고? 이 사람은 살아생전에 무슨 일을 했느냐?"

그러자 폭로자의 목소리가 대답했습니다. 폭로자는 이 사람이 저지른 죄악을 낱낱이 들추어냈습니다. 그러나 착한 일은 하나도 말하지 않았습니다.

그러자 문 뒤에서 어떤 목소리가 대답했습니다.

"죄인들은 천국에 들어올 수 없다. 어서 물러가라."

죄인이 다시 말했습니다.

"주여! 당신의 목소리는 들리오나 얼굴도 보이지 않고 이름도 모르겠나이다."

목소리가 다시 대답했습니다.

"나는 사도 베드로다."

그러자 죄인이 말했습니다.

"나를 불쌍히 여겨 주십시오, 사도 베드로님. 사람의 약함과 하느님의 자비로움을 생각해 보십시오. 당신은 그리스도의 제자가 아닙니까? 당신은 그분이 말씀하신 가르침을 듣지도 못하고 그분의 모범적인 생활을 보지도 못하셨습니까? 이런 일

을 생각해 보십시오. 언젠가 예수님이 괴로워하시며 슬픔에
잠겨 있을 때 당신더러 자지 말고 기도해 달라고 세 차례나 당
부한 적이 있을 것입니다. 그런데 당신은 눈이 감겨 잠을 자고
말았습니다. 그분은 잠자는 당신을 세 번씩이나 보았습니다.
나도 그와 마찬가지입니다.

그리고 이런 일을 생각해 보십시오. 당신은 죽을 때까지 그
분을 모른다고 하지 않겠다고 약속해 놓고도, 그분이 가야파
의 집으로 끌려갔을 때 세 번이나 모른다고 했습니다. 나도 그
와 마찬가지입니다.

그리고 또 이런 일을 생각해 보십시오. 당신은 닭이 울기 시
작하자 그곳을 떠나 슬피 울었습니다. 나도 마찬가집니다. 그
러니 당신은 나를 천국에 넣어 주지 않을 수 없을 것입니다."

그러자 천국의 문 뒤에서 목소리가 잠잠해졌습니다.

죄인은 조금 서 있다가 다시 문을 두드리며 천국에 들여보
내 달라고 부탁했습니다.

그러자 문 뒤에서 다른 목소리가 들려왔습니다.

"저 사람은 누구냐? 저 사람은 세상에서 어떤 생활을 했
느냐?"

폭로자의 목소리가 대답했습니다. 그는 또다시 죄인의 나쁜
일을 낱낱이 들추었습니다. 그러나 착한 일은 하나도 말하지
않았습니다.

그러자 문 뒤에서 목소리가 대답했습니다.

"어서 물러가라. 그런 죄인들은 우리와 함께 천국에서 살 수 없느니라."

죄인이 말했습니다.

"주여! 당신의 목소리는 들리오나 얼굴도 보이지 않고 이름도 모르겠나이다."

문 뒤의 목소리가 다시 말했습니다.

"나는 예언자 다윗 왕이다."

죄인은 실망하지 않고 천국의 문에 붙어 서서 말하기 시작했습니다.

"나를 불쌍히 여겨 주십시오, 다윗 전하. 그리고 사람의 약함과 하느님의 자비로움을 생각해 보십시오. 하느님은 당신을 사랑하시어 다른 사람들 앞에서 칭찬해 주셨습니다. 당신은 모든 것을 가지고 있었습니다. 왕국도 명예도 돈도 처자식도. 그런데 당신은 지붕 위에서 가난한 사람의 아내를 발견하고 마음속에서 나쁜 생각이 떠올랐습니다. 그래서 우리야의 아내를 빼앗고 아몬 자손의 칼로 그 남편을 죽였습니다. 당신은 잘 살면서도 가난한 사람에게서 마지막 양을 빼앗고 그 사람을 죽여 버렸습니다. 나도 그렇게 해온 것입니다.

그리고 그 후에 당신이 어떻게 뉘우쳤는지 생각해 보십시오. '나는 내가 지은 죄를 알고 있으며, 그것을 몹시 슬퍼한다.'

고 당신은 말했습니다. 나도 그와 마찬가집니다. 그러니 당신은 나를 천국에 넣어 주지 않을 수 없을 것입니다."

그러자 문 뒤의 목소리가 잠잠해졌습니다.

죄인은 조금 서 있다가 다시 문을 두드리며 천국에 들여보내 달라고 부탁했습니다. 그러자 문 뒤에서 세 번째 목소리가 말했습니다.

"저 사람은 누군고? 저 사람은 세상에서 어떤 생활을 했느냐?"

폭로자의 목소리가 대답했습니다. 그는 세 번째에도 죄인의 나쁜 일만 들추어낼 뿐 좋은 일은 하나도 말하지 않았습니다.

그러자 문 뒤에서 목소리가 말했습니다.

"어서 물러가라. 죄인들은 천국에 들어올 수 없느니라."

죄인이 말대답을 했습니다.

"당신의 목소리는 들리오나 얼굴도 보이지 않고 이름도 모르겠나이다."

목소리가 대답했습니다.

"나는 신학자 요한이다. 그리스도의 사랑을 받던 제자이니라."

그러자 죄인은 기뻐하며 말했습니다.

"이젠 나를 천국에 넣어 주지 않을 수 없을 것입니다. 베드로와 다윗은 사람의 허약함과 하느님의 자비를 알고 있으므로

228

나를 들여보내 줄 것입니다. 당신은 마음속에 사랑이 많으므로 나를 들여보내 주실 것입니다. 신학자 요한님, 당신은 당신의 책 속에서 하느님은 곧 사랑이며 사랑을 모르는 사람은 하느님을 모른다고 쓰지 않았습니까? '형제들이여, 서로 사랑하라!'고 늙어서 사람들에게 말한 것은 당신이 아니었습니까? 그런 당신이 이제 와서 어떻게 나를 미워하고 쫓아낼 수 있겠습니까? 당신의 입으로 한 말이 사실이 아니라고 하든지, 아니면 나를 사랑하여 천국에 들여보내 주든지 하십시오."

그러자 천국의 문이 열렸습니다. 요한은 뉘우치는 죄인을 안아서 천국으로 들어오게 했습니다.

# 달걀만한 씨앗

어느 날 산골짜기에서 아이들이 가운데에 줄이 그어진 씨앗 같은, 달걀만한 물건을 보았습니다. 마침 거기를 지나가던 사람이 아이들이 가지고 있는 그 물건을 보고 5까뻬이까를 주고 사서 시내로 가져와 귀한 물건으로 황제에게 팔았습니다.

황제는 현인들을 불러 그들에게 이것이 무슨 물건인지, 즉 달걀인지 씨앗인지를 알아보라고 일렀습니다. 현인들은 그것이 무엇인지 생각하고 또 생각했지만 해답을 얻지 못했습니다. 한데 그것을 창문 위에 놓아두고 있으려니까 암탉 한 마리가 날아오더니 쪼아서 구멍을 내 버렸습니다. 그리하여 현인들은 그것이 씨앗이라는 것을 알았습니다. 현인들은 궁으로 들어가 황제에게 아뢰었습니다.

"이것은 호밀 씨앗이옵니다."

황제는 깜짝 놀랐습니다. 그리고 다시 현인들에게 씨앗이 언제 어디서 어떻게 생겨났는지를 알아보라고 일렀습니다. 현인들은 생각에 생각을 거듭하며 여러 가지 책을 뒤져 보았으나 아무것도 찾아내지 못했습니다. 그래서 황제 앞에 가서 이렇게 말했습니다.

"알 수가 없습니다. 소인들의 책에는 이것에 관해 아무것도 씌어 있지 않았습니다. 그러니 농부들에게나 한번 물어봐야 할 듯합니다. 늙은이들 중에 누가 언제 어디에 이런 씨앗이 뿌려졌는지 혹시 들어 본 적이 없느냐고 말입니다."

그래서 황제는 사람을 보내 늙은 농부 한 사람을 데리고 오라고 일렀습니다. 신하들은 나이 많은 농부 한 사람을 찾아 황제 앞에 데리고 갔습니다. 그 농부는 벌써 이도 다 빠지고 얼굴도 푸르죽죽하게 쪼그라든 늙은이였습니다. 그는 두 지팡이를 짚고 간신히 들어섰습니다.

황제는 그에게 씨앗을 보였습니다. 그러나 늙은 농부는 이미 눈이 잘 안 보였습니다. 그래서 반쯤은 눈으로 보고 반쯤은 손으로 만져 보는 것이었습니다.

황제는 그에게 물었습니다.

"영감, 이런 씨앗이 어디서 생겼는지 모르겠소? 밭에 이런 곡식을 심은 일은 없었소? 혹시 농사짓던 시절에 이런 씨앗을 어디서 사 본 적은 없었소?"

귀까지 어두운 노인은 겨우 알아듣고 대답했습니다.

"소인은 밭에다 이런 곡식을 심은 일도 없고 거두어들인 일도 없으며 사 본 일도 없습니다. 소인들이 곡식을 샀을 때 씨앗은 다 이렇게 작았습죠. 하오나 소인의 아버님에게 한번 여쭈어 봐야겠습니다. 어쩌면 그 어른은 어디서 이런 씨앗이 나왔는지 혹시 들었는지도 모르니까요."

황제는 노인의 아버지에게 사람을 보내 불러오게 했습니다. 신하들이 노인의 아버지를 찾아서 황제 앞으로 데려왔습니다. 이 늙은 할아버지는 지팡이 하나를 짚고 들어왔습니다.

황제는 그에게 씨앗을 보여 주었습니다. 늙은이는 아직도 눈이 밝아 잘 알아보았습니다. 황제는 그에게도 물었습니다.

"영감, 그대는 이런 씨앗이 어디서 생겼는지 알 수 있겠소? 그대 밭에 이런 곡식을 심은 적은 없소? 혹시 그대가 농사를 짓던 시절에 어디서 이런 씨앗을 산 적도 없었소?"

할아버지는 귀가 다소 멀기는 했지만 아들보다는 잘 알아들었습니다.

"없사옵니다. 소인은 밭에다 이런 씨앗을 뿌린 일도 거두어들인 일도 없습니다. 또 산 일도 없습니다. 소인이 젊었을 때는 공장에서 돈이라는 것을 만들어 내지 않았거든요. 모든 사람이 자기 곡식을 먹고살았고 모자랄 때에는 서로 나누어 가졌습니다. 소인은 어디서 이런 씨앗이 생겼는지 모릅니다. 옛날의 씨앗은 요즘 씨앗보다 더 굵고 더 많은 열매를 맺게 했지만 이처럼 큰 것은 못 보았습니다. 이건 저의 아버님께 들은 이야기지만 아버님 시절에는 곡식을 더 많이 거두어들였는데 그 씨앗도 한결 굵었다고 합니다. 저의 아버님께 물어보시면 잘 알 수 있을 것입니다."

하고 그는 대답했습니다.

황제는 다시 이 늙은이의 아버지를 데리러 사람을 보냈습니다. 그리하여 맨 처음에 온 늙은이의 할아버지인 노인도 찾아서 데려왔습니다. 그 노인은 지팡이도 짚지 않고 가벼운 걸음으로 황제 앞에 나섰습니다. 눈도 밝고 귀도 잘 들리며 말도 또렷했습니다. 황제는 이 노인에게 다시 그 씨앗을 보여 주었습니다. 노인은 그것을 이리저리 뒤집어 보더니 말했습니다.

"이런 옛날 곡식은 오랫동안 보지 못했습니다."

그리고 씨앗을 물어뜯어 잘근잘근 씹더니 말했습니다.

"이게 그 곡식이지요."

"어서 말해 보오, 영감. 어디서 언제 이런 씨앗이 생겼는지? 그대는 이런 곡식을 자기 밭에 심은 일이 없소? 혹시 영감이 농사짓던 시절에 어디서 누구에게 이런 곡식을 산 일은 없었소?"

그러자 노인이 말했습니다.

"이런 곡식은 소인이 젊었을 때는 어디서나 났습니다. 이런 곡식으로 저는 평생 먹고살았고 또 사람들을 먹여 살려 왔습니다. 물론 이런 곡식을 직접 심고 거두어들이고 타작도 했고요."

그러자 황제가 다시 물었습니다.

"그럼 영감, 어디서 그런 씨앗을 산 일이 있었소? 혹은 영감이 자기 밭에 뿌린 일은 없었소?"

노인은 히죽 웃었습니다.

"소인이 젊었을 땐 곡식을 사고파는 일을 궁리한 사람은 아무도 없었습니다. 그건 죄악이었으니까요. 또 돈이란 걸 아는 사람도 없었습니다. 곡식은 누구에게나 넉넉히 있었습니다."

황제는 거듭 물었습니다.

"어디 그럼 말해 보시오, 영감. 그대는 어디에 이런 곡식을 심었고 또 그대의 땅은 어디에 있었소?"

노인이 대답했습니다.

"소인의 밭은 하느님의 땅이었지요. 쟁기질을 하면 거기가 밭이 되는 것입니다. 땅은 마음대로 사용할 수 있어서 제 땅이란 걸 몰랐습니다. 제 것으로 부르던 것은 소인의 노력뿐이었습니다."

"그럼 두 가지만 더 말해 주오. 한 가지는, 어째서 옛날에는 이런 씨앗이 있었는데 지금은 나지 않는 것이오? 또 다른 한 가지는, 그대의 손자는 지팡이 두 개를 짚고 또 그대의 아들은 지팡이 하나를 짚고 왔는데, 어째서 나이가 더 많은 그대는 그처럼 가뿐하게 혼자 걷고 눈도 밝고 이도 튼튼하고 말도 또렷

하고 상냥하오? 이것은 도대체 어찌 된 일이오? 그 까닭이 무엇이오?"

그러자 노인이 이렇게 대답했습니다.

"그것은 다름이 아니오라 세상 사람들이 제 노력으로 살아가지 않고 남의 것을 탐내게 되었기 때문입니다. 옛날 사람들은 그렇게 살지 않았습니다. 옛날 사람들은 하느님의 뜻에 따라 살았고 제 것만 가졌을 뿐 남의 것을 결코 탐내지 않았습니다."

# 작은 악마와 농부

어느 가난한 농부가 아침도 굶은 채 빵 한 조각을 싸 들고 밭을 갈러 들로 나갔습니다. 농부는 쟁기를 내리고 수레를 풀어 덤불 밑에 끌어다 놓은 다음, 그 위에 빵을 놓고 까프딴으로 덮어 두었습니다.

한참 밭을 갈고 나니 말도 지치고 농부도 배가 고팠습니다. 농부는 쟁기를 땅 속에 꽂아 둔 채 말을 풀어 풀을 뜯어먹게 한 뒤 자기도 점심을 먹으려고 까프딴이 있는 쪽으로 갔습니다. 농부가 까프딴을 들추어 보았을 때 빵은 보이지 않았습니다. 그래서 농부는 그 근처를 찾아보기도 하고 까프딴을 뒤집어 털어 보기도 했지만 빵은 보이지 않았습니다. 농부는 놀라서 생각했습니다.

'참 이상한 일도 다 있다. 아무도 온 사람이 없는데 누가 빵

을 가져갔을까?'

그러나 사실은 농부가 밭을 갈고 있는 동안 작은 악마가 빵을 훔쳐 간 것입니다. 그리고 그는 덤불 뒤에 숨어서 농부가 욕할 때만을 기다리고 있었습니다. 그래서 두목을 기쁘게 해 줄 생각이었습니다.

농부는 약간 슬픈 생각이 들었습니다.

"하는 수 없지. 설마 굶어 죽기야 하겠나! 필요한 사람이 가져갔겠지. 아무나 잘 먹게 내버려 두자!"

그리고 농부는 샘물 가로 가서 물을 실컷 마신 뒤 잠시 쉬다가 다시 말을 붙들어 쟁기를 채우고 밭을 갈기 시작했습니다.

작은 악마는 농부가 죄를 짓게 하는 데 실패하자 당황한 나머지 마왕에게 이야기하러 갔습니다. 마왕 앞에 간 작은 악마는 자기가 농부의 빵을 훔쳤는데도 그는 욕 대신 오히려 잘 먹으라고 했다고 말했습니다. 마왕은 몹시 화를 냈습니다.

"만약 농부가 그 일에서 너를 이겼다면 그건 네 잘못이다. 네 방법이 서툴렀기 때문이야. 만약 다른 농부들에 이어 여자들에게도 그런 버릇이 생긴다면 우리는 무엇으로 살아가겠는가? 그 일은 절대 그대로 내버려 둘 수 없다! 다시 농부에게 가서 그 빵 값을 하고 오너라. 만약 3년 안에 그 농부를 이기지 못하면 너를 성수 속에 빠뜨려 버리겠다!"

작은 악마는 깜짝 놀라 세상으로 달려 나갔습니다. 그리고 어떻게 하면 자기의 잘못을 갚을 수 있을까 궁리하기 시작했습니다. 생각에 생각을 거듭한 끝에 좋은 생각이 떠올랐습니다.

작은 악마는 좋은 사람으로 둔갑하여 가난한 농부네 집에 머슴으로 들어갔습니다. 그리고 여름에 가뭄이 들 것을 생각하여 습기 많은 땅에 곡식을 심으라고 농부에게 가르쳐 주었습니다. 농부는 머슴의 말을 듣고 습기 많은 땅에 씨앗을 뿌렸습니다. 다른 집 곡식은 햇볕에 다 타 죽는데, 이 가난한 농부네 곡식은 키가 크고 무성하게 잘 자라 풍작이었습니다. 그래서 농부네 곡식은 이듬해 햇곡식이 나올 때까지도 아직 많이 남아 있었습니다.

이듬해 여름 머슴은 농부에게 언덕 위에 곡식을 심으라고 가르쳐 주었습니다. 그러자 그해 여름에는 비가 많이 내렸습니다. 다른 집 곡식들은 모두 쓰러지고 물에 잠겨 제대로 영글지 않았는데, 농부네 언덕 위의 곡식만은 잘되었습니다. 농부네 집에는 더 많은 곡식이 남아돌게 되었습니다. 농부는 그것을 어떻게 처분해야 좋을지 몰랐습니다.

그러자 머슴은 농부에게 밀을 빻아서 술을 담그라고 일러 주었습니다. 농부는 술을 담가 자기도 마시고 다른 사람들에게도 나누어 주었습니다.

작은 악마는 마왕에게 가서 빵의 실수를 갚게 되었다고 자랑했습니다. 마왕은 그것을 보러 갔습니다.

농부네 집에 가 보니, 부자들을 초대해 놓고 술을 대접하고 있었습니다. 안주인이 손님들에게 술 시중을 들고 있었습니다. 그런데 식탁 모퉁이를 돌다가 옷이 걸려 그만 술잔을 엎지르고 말았습니다. 농부는 화를 내며 아내를 나무랐습니다.

"조심해, 바보 같으니! 이 좋은 술을 엎지르다니, 이게 구정물인 줄 알아? 이 안짱다리야."

작은 악마는 팔꿈치로 마왕을 쿡 찔렀습니다.

"보세요. 이젠 저 농부도 빵 조각을 아까워하게 됐어요."

농부는 아내를 꾸짖고 나서 손수 술을 날랐습니다. 이때 일을 마치고 가던 가난한 농부가 초대도 받지 않았는데 들어왔습니다. 그리고 인사를 하고 보니 사람들이 술을 마시고 있었습니다. 일에 지쳐 그 사람도 한잔하고 싶었습니다. 그래서 군침을 삼키며 앉아 있었지만 주인은 술을 주지 않고 혼자 입속으로 중얼거릴 뿐이었습니다.

"아무에게나 술을 줄 수야 있나!"

이 말도 마왕의 마음에 들었습니다. 작은 악마는 우쭐하여 뽐내었습니다.

"두고 보십시오. 아직 멀었습니다."

잘사는 농부들은 술잔을 비웠습니다. 주인도 한 잔 죽 들이켰습니다. 그러고 나서 그들은 서로 비위를 맞춰 가며 상대를 치켜세우고 입에 발린 아첨의 말을 지껄여 댔습니다. 마왕은 열심히 듣고 있다가 작은 악마를 칭찬했습니다.

"만약 저 술 때문에 그렇게 아첨하고 서로 속이게 된다면 저들은 모두 우리 손아귀에 들어온 거나 다름없다."

그러자 작은 악마가 말했습니다.

"두고 보십시오. 아직 멀었습니다. 저들에게 한 잔씩 더 먹여 보십시오. 지금은 여우처럼 앞에서 꼬리를 흔들며 서로 속이려 하고 있지만, 얼마 안 있으면 심술궂은 늑대가 될 겁니다. 두고 보세요."

농부들은 두 잔째 술을 마셨습니다. 그들의 말소리는 점점 커지고 거칠어졌습니다. 아첨하는 말 대신에 그들은 서로 화를 내고 욕을 하며 맞붙어 싸우다가 마침내 서로 콧잔등까지 잡아당겼습니다. 주인도 싸움판에 끼어들었다가 흠씬 두들겨 맞았습니다.

마왕은 가만히 보고만 있었습니다. 그는 이것도 마음에 들어 말했습니다.

"그것 참, 재미있는데."

그러자 작은 악마가 말했습니다.

"두고 보십시오. 아직 멀었습니다! 놈들에게 한 잔씩 더 먹여 보십시오. 지금 놈들은 늑대처럼 으르렁거리고 있지만, 잠시 후에 한 잔 더 들어가면 당장 돼지처럼 되어 버릴 겁니다."

농부들은 석 잔째 술을 들이켰습니다. 그러자 완전히 취해

버렸습니다. 그들은 무슨 말인지 알아들을 수 없는 말을 흥얼거리고 소리치며 남의 말에 귀를 기울이지 않았습니다.

마침내 그들은 집을 나와 흩어졌습니다. 하나, 둘, 셋씩 짝을 지어 비틀거리며 거리를 휩쓸었습니다. 주인은 손님들을 보내려고 나왔다가 웅덩이에 처박혀 온몸이 더러워졌습니다. 그리고 돼지처럼 뒹굴며 으르렁거렸습니다.

이것은 한층 더 마왕의 마음에 들었습니다.

"아주 멋진 음료수를 생각해 냈구나. 이것으로 너는 빵의 실수를 갚게 되었다. 그런데 이 음료수를 어떻게 만들었지? 아마 그 속에 먼저 여우의 피를 넣었겠지? 그래서 농부가 여우처럼 꾀가 많아졌을 거야. 그 다음에 너는 늑대의 피를 넣었어. 그래서 농부가 늑대처럼 사나워졌지. 그리고 마지막으로 너는 아마 돼지의 피를 넣었을 거야. 그래서 농부가 돼지처럼 되었지."

"천만에요."

하고 작은 악마가 말했습니다.

"나는 그런 짓은 하지 않았습니다. 다만 곡식을 남아돌게 만들어 주었을 뿐입니다. 짐승과 같은 피는 언제나 그 농부의 몸속에 있었던 것입니다. 필요한 정도밖에 곡식을 짓지 못할 때는 그 피가 밖으로 나타나지 않았죠. 그때는 농부가 하나뿐인 빵도 아까워하지 않았는데 곡식이 남아돌게 되자 무슨 재미나는 일이 없을까 생각하게 되었습니다. 그래서 내가 위안거리로 술을 가르쳐 주었습니다. 그러자 농부는 하느님이 주신 선물을 자기의 위안거리로 만들고자 술을 담갔습니다. 이때 그의 몸 속에 있던 여우와 늑대와 돼지의 피가 나타나기 시작했습니다. 이젠 술만 마시면 언제나 짐승이 되어 버릴 것입니다."

마왕은 작은 악마를 칭찬하고 빵의 실패를 용서한 뒤 더 높은 자리로 올려 주었습니다.

옮긴이의 말

# 민중의 가슴에 단비처럼 스며든 똘스또이의 작품들

## 생애와 작품

세계 명작 중에서도 가장 빛나는 작품이라 할 수 있는 『전쟁과 평화』 『안나 까레니나』 『부활』의 작가 똘스또이(Л. Н. Толстой)는 안방에서 글만 쓰면서 일생을 보낸 작가는 아니었습니다. 위대한 작가는 위대한 생애를 간직함으로써 그 빛이 찬란히 빛나는 법인데, 똘스또이야말로 인류를 사랑하는 사람으로서 작품과 생애를 다 바친 문호였습니다. 오늘날에도 똘스또이의 문학 작품이 끊임없이 읽히는 것은 이런 위대함 때문일 것입니다.

똘스또이는 1828년 모스끄바에서 남쪽으로 200킬로미터 정도 떨어진 영지 야스나야 뽈랴나(Ясная Поляна)에서 유명한 백작 집안의 넷째 아들로 태어났습니다. 어머니 마리야 니꼴

라예브나는 러시아 건국의 아버지로 불리는 류리끄에 기원을 둔 유서 깊은 볼꼰스끼 공작 집안의 딸이었습니다. 똘스또이는 두 살 때 어머니를, 아홉 살 때 아버지를 여의고 친척 되는 부인의 손에서 자랐습니다. 열여섯 살에 까잔 대학 동양어학부에 입학하였으나 낙제하여 법학부로 바꾸었는데 그 과정도 중간에서 그만두고 말았습니다. 술과 사교계 생활에 빠졌기 때문이었습니다. 그 무렵 그는 루쏘와 같은 작가들의 책을 읽으면서 사상의 기초를 다지기 시작했습니다.

그 후, 똘스또이는 고향 야스나야 뽈랴나로 돌아와 농노의 생활을 향상시키기 위해 농사 개혁에 착수했으나 실패하여 모스끄바로 떠났습니다. 그것은 너무나 괴로운 경험이어서 똘스또이는 깊은 절망과 자기 혐오에 빠졌습니다. 그는 술과 도박과 여자에도 빠져 방탕한 생활을 하다가 마음을 바꾸어 까프까즈의 포병대에 입대하였습니다.

똘스또이는 그때부터 문학에 정열을 불태워 소설을 쓰기 시작했습니다. 그것이 『유년시대』(1852)였습니다. 이어 『소년시대』(1852~54) 『청년시대』(1855~57)와 같은 자전적 소설을 발표하였습니다. 곧이어 일어난 세바스또뽈 방위에 참가하여 러시아 군인들의 영웅적 행적을 찬양한 『세바스또뽈 이야기』(1855~56)를 썼습니다.

1855년 쌍끄뜨-뻬쩨르부르그로 돌아온 똘스또이는 문단으로부터 따뜻한 환영을 받았으나 수도의 분위기에 친숙해질 수 없었습니다. 1857년 1월에 그는 유럽 여행을 떠났습니다. 이 여행은 똘스또이에게 농노제 러시아와 문명국 프랑스, 스위스의 사회적 자유를 서로 비교해 볼 수 있는 계기가 되었지만, 빠리에서 기요띤느(1789년 프랑스 의사 기요띤느가 발명한 단두대)로 공개 사형을 집행하는 야만적인 행위를 보고 부르주아 문명에 환멸을 느끼게 되었습니다. 이 체험은 그 후 똘스또이의 삶에 중요한 의미를 갖게 됩니다.

1850년대 말부터 60년대 초에 걸쳐 똘스또이는 또 하나의 큰 사업인 민중 교육에 정열을 쏟았습니다. 1861년 4월 말, 10개월에 걸친 외국 여행을 마치고 영지에 돌아온 그는 교육 사업에 착수하여 교육 잡지 『야스나야 뽈랴나』(1862)를 발간하고 그 잡지에 자신의 「국민교육론」을 발표하는 한편, 농민 아이들을 위해 학교를 만들어 직접 가르쳤습니다.

이 「국민교육론」에서 똘스또이는 교육의 자유를 외쳤습니다. 즉 그의 교육 방법은 자유 방임이었습니다. 말하자면 지식을 전달하는 데에 방법은 경험에 바탕을 두어야 하며 주입식으로 강요해서는 안 된다는 것입니다. 국민 교육의 참된 길을 방해하는 가장 큰 장애는 농민들의 아이들이 무엇을 배우고자 하는지 알려고 하지 않고, 관리들이나 학자들이 멋대로 짜낸 교육 과정에 따라 시행되는 획일주의라는 것입니다. 그의 교육 방침은 한마디로 어린이 각자의 개성과 인성을 계발하고 어려운 문제들을 교사와 어린이가 함께 풀어 가는 데 있었습니다.

이러한 그의 교육 활동은 전제정치 아래의 러시아에서는 오해와 의혹을 불러일으켰습니다. 1862년 봄부터 여름에 걸쳐 건강을 해쳤던 똘스또이가 야스나야 뽈랴나를 떠나 사마라로 요양 길에 오른 틈을 타 경찰들이 학교를 수색하기도 했습니다.

1862년 가을, 똘스또이는 옛날부터 알고 지내던 궁중 의사의 딸 소피야 안드레예브나(1844~1919)와 결혼하여 행복한 생활을 시작하였습니다. 이즈음부터 15년 동안이 작가로서 똘스또이가 아주 충실했던 시기였는데, 『전쟁과 평화』(1864~69) 『안나 까레니나』(1873~77)와 같은 대작이 이때 씌어졌습니다.

『전쟁과 평화』는 1812년 나뽈레옹 군대가 러시아를 침공할 때 러시아 국민의 투쟁과 승리를 묘사한 거대한 역사소설로서 수많은 등장인물의 심리와 행동을 예리하게 관찰한 사실주의 문학의 최고봉으로 꼽히고 있으며, 『안나 까레니나』는 안나와 보론스끼, 끼찌와 레빈의 두 사랑을 대비시키면서 가장 높은 도덕률은 변하지 않으며, 그것을 범하는 자는 반드시 파멸하고 말지만 그 죄인을 재판하는 것은 오직 신만이 할 수 있다는 사상을 드러내고 있습니다.

교육에 관한 그의 관심은 『전쟁과 평화』를 완성한 후에 다

시 솟구쳐 올랐습니다. 1872년 『아즈부까』(초등 교과서), 1875
년 『노바야 아즈부까』(새 초등 교과서)를 직접 발간하고, 「까프
까즈의 포로」(1872) 「하느님은 진실을 알지만 빨리 말하지 않
는다」(1875) 등과 같은 작품을 담았습니다. 『초등 교과서』는
읽고 쓰고 셈하는 기초적인 내용과 꽁뜨, 시, 소설 등으로 이
루어져 있습니다.

이 시기에 그는 다시 삶과 죽음의 문제를 심각하게 생각하
기 시작했습니다. 생활에 허무를 느끼고 인생의 의미에 의문
을 가지게 되었습니다. 철학이나 과학에서 구원을 찾았으나
만족스러운 답을 찾지 못하고 여러 번 자살의 유혹에 빠지기
도 했습니다.

여러 해 동안 정신적 방황 끝에 똘스또이는 종교에 도달했
으며, 마침내 그리스도교에 기초한 독자적인 새로운 윤리관을
확립하였습니다. 이것이 이른바 '똘스또이의 회심'이라고 불리
는 것입니다. 그는 1882년 해외에서 출판된 『참회록』에 이 시
기의 고뇌와 사색의 과정을 털어놓고 있습니다.

'회심' 이후에 똘스또이는 예술가보다 사상가, 설교가로서
더 알려졌습니다. '똘스또이주의'라고 불리는 그의 사상의 근
간을 이루는 것은 '노하지 마라, 간음하지 마라, 맹세하지 마라,
악에 저항하지 마라, 적을 사랑하라, 박해자를 위해 기도하라'
는 계율이었습니다. 얼굴에 땀을 흘리는 민중의 소박한 생활

이 똘스또이의 이상이며, 직접 영지의 농민들과 함께 농사일에 참여하였습니다.

『안나 까레니나』를 발표한 뒤, 똘스또이는 오로지 종교적 논문만 집필하여 부인의 불만을 샀습니다만, 그런 그가 9년 만에 소설 『이반 일리이치의 죽음』(1886)을 발표하기도 했습니다. 행복한 일생을 보낸 판사 이반 일리이치가 죽음을 앞두고 자기의 전 생애를 돌이켜보며 그 모든 것이 거짓과 위선이었다는 것을 뉘우치는 주제는 독자들에게 강렬한 인상을 주었습니다.

이어 악과 그 파멸을 그린 희곡 「어둠의 힘」(1886), 성도덕의 위선을 비판한 중편 「끄레이쩨르 소나따」(1889), 희곡 「산 송장」(1900) 등을 발표하였습니다. 또 정부의 박해를 받아 해외로 이주하는 두호보르 교도를 돕기 위하여 장편소설 『부활』(1889~99)을 발표하여 쇠퇴하지 않은 창작력을 과시하였습니다. 똘스또이는 1900년 왕립 쌍끄뜨-뻬쩨르부르그 과학아카데미 어문학분과위원회 회원으로 선출되기도 했습니다.

날이 갈수록 예술가로서, 또 사상가로서 똘스또이의 명성이 높아지자, 세계 각국에서 그를 숭배하는 사람들과 추종하는 사람들이 끊임없이 야스나야 뽈랴나를 방문했습니다. 똘스또이주의는 폭력에 의한 변혁에는 반대 입장을 보였고, 교회나 국가 권력을 인정하지 않아 정부와 교회로부터 심한 박해를 받았습니다. 권력의 압박은 자주 똘스또이와 가까운 사람들을 체포하거나 유형을 보내는 형태로 나타났고, 1901년에는 똘스또이 자신이 러시아 정교로부터 파문 당했습니다. 그러나 그와 같은 탄압은 결과적으로 똘스또이의 권위를 더욱더 높여주었습니다.

똘스또이의 이상주의는 가족 속에서는 고립되어 만년의 가정 생활은 그리 행복하지 못했습니다. 게다가 저작권이나 영지 등 재정적인 문제들을 둘러싸고 가정의 편안한 생활을 바라던 쏘피야 부인과 결정적으로 대립되었습니다. 세계 많은 사람들에게 고매한 사상을 전파하면서도 자기 아내를 설득하지 못하고 잦은 불화를 일으키자 현실 생활과 신념의 불일치로 똘스또이는 괴로워하였습니다. 그는 그것이 완전히 일치하는 조화의 세계를 바랐던 것입니다.

마침내 똘스또이는 1910년 10월 28일(서력 11월 10일) 날이 밝기 전에 의사만을 데리고 이전에 세 번씩이나 시도했다가 이루지 못한 가출을 실행했으나, 도중에 급성 폐렴에 걸려 야스나야 뽈랴나에서 200킬로미터 정도 떨어진 랴잔—우랄 선의 작은 기차역 아스따뽀보 역장 관사에 옮겨졌습니다. 가족, 제자, 친구들이 달려왔을 때는 이미 위독한 상태였으며, 11월 7일 새벽에 숨을 거두고 말았습니다. 유해는 그의 유언대로 숲속에 묻혔습니다. 유언에 따라 묘비도 십자가도 없는 소박한 무덤이었습니다.

## 똘스또이와 동화

이미 앞에서 말했듯, 똘스또이는 1860년대 초부터 국민 교육에 특별한 관심을 가지고 야스나야 뽈랴나에 학교를 세우고 잡지도 만들고 농촌 아이들을 직접 가르치면서 꿈꿔왔던 교육에 열성을 쏟았습니다.

그가 처음 교육 사업에 손을 댔던 때의 어려움은 어린이들이 읽을 수 있는 마땅한 책이 없다는 사실이었습니다. 그래서 스스로 어린이들이 읽고 즐길 수 있는 책, 『초등 교과서』를 쓰기 시작한 것입니다. 1872년 1월 12일자로 그의 고모 알렉산드라 똘스따야에게 보낸 편지에는 다음과 같은 구절이 있습니다.

올 겨울에는 여러 해 동안 준비해 온 『초등 교과서』를 부쳐 드릴 수 있을 것으로 기대합니다. 받으시면 저에 대한 우정으로 아마 읽어 주시겠지요. 이 『초등 교과서』에 대한 저의 오만한 공상은 이런 것입니다. 저는 오직 이 『초등 교과서』를 통해서만 러시아의 황족에서 농민에 이르기까지 모든 아이들이 배울 수 있고, 이 책에서 처음으로 시적인 감명을 얻을 수 있으리라고 자부하고 있습니다. 정말이지 이 『초등

교과서』를 쓰고 나면 저는 편안한 마음으로 죽어도 좋다고
까지 생각하고 있습니다.

똘스또이는 병과 싸우면서 『초등 교과서』에 온 힘을 쏟아
고치고 또 고쳐서 마침내 그의 모든 작품 가운데서 가장 매력
적인 아동문학의 보고로 완성시켰습니다. 책이 나온 것은 11
월이었는데 처음에는 잘 팔리지 않았습니다. 여기저기 신문과
잡지에서 비난을 일삼았기 때문입니다. 그러나 똘스또이가 확
신하고 있었던 것처럼 이 책은 차차 러시아에서 가장 잘 팔리
는 책으로 바뀌었으며 판을 거듭하게 되었습니다.

야스나야 뽈랴나의 농업학교 이후 줄곧 그를 사로잡았던 교
육에 대한 열의는 『초등 교과서』 발간으로 일단 마무리되었으
나, 그것은 다만 어린이들의 교육용일 뿐, 일반 대중을 위한 책
으로는 어딘가 미흡한 데가 없지 않았습니다. 그는 민중의 편
에 서기로 했습니다. 그는 복음서의 이야기와 민중들이 오랫
동안 지녀 왔던 여러 민화들, 유익하고 인류의 행복에 이바지
할 수 있다고 생각되는 이야기를 자신의 손으로 다시 창조하
여 읽게 하려는 욕구에 사로잡힌 것입니다.

그것은 러시아의 선인들에게서 오랫동안 입에서 입으로 전
해 내려온 여러 이야기 가운데서, 민중의 마음을 사로잡아 그
들을 올바른 삶으로 이끌어 줄 수 있다고 생각되는 것들을 골

라, 어린이나 어른이나, 지식인이나 또는 무식한 사람들이나 모두 쉽게 읽고 이해할 수 있도록 똘스또이의 훌륭한 문장력으로 다시 쓴 것입니다. 말하자면 똘스또이는 복음서의 이야기와 지금까지 입에서 입으로 전해 내려온 전설을 새로운 가치관——인류를 사랑하는 마음——으로 다시 구성하여 만인이 읽어서 도움이 되도록 만들었습니다.

그리하여 그는 온종일 민화를 쓰는 데 심혈을 쏟았고, 그것은 모두 출판되었으며, 그의 민화들은 수백만 부씩 팔려 나갔습니다. 이에 속하는 작품으로 「사람은 무엇으로 사는가」 (1882) 「사랑이 있는 곳에 신이 있다」(1885) 「바보 이반의 이야기」(1886) 「사람에게는 땅이 얼마나 필요한가」(1885) 등이 있습니다.

그의 이런 작품들은 메마른 땅에 단비처럼 민중의 가슴에 스며들었고, 많은 사람의 사랑을 받았습니다. 그의 민화집과 동화들은 오늘도 세계 곳곳에서 번역되어 읽히고 성경만큼 많이 보급되어, 어린이나 어른이나 할 것 없이 다 같이 즐겨 읽고 있습니다.

그 밖에도 그는 독서를 통해 크게 감명 받았던 사상가——소크라테스, 공자, 노자, 칸트, 니체, 몽떼스끼외, 쇼펜하우어 등을 소개하는 한편, 국내외 훌륭한 작가들의 문학 작품을 개작하여 모든 사람들이 이들의 위대한 사상을 접할 수 있도록 도움을 주었습니다.

번역은 모스끄바 국립 예술 문학 출판사에서 발행한 『똘스또이 작품 전집』(Л. Н. Толстой. Полное Собрание Сочинений в девяноста томах. 전 90권, 1928~58) 중 제25권(1937)을 대본으로 삼았습니다.

끝으로 이번에 개정2판을 내면서 원문의 내용에 좀더 가까이 다가갈 수 있도록 전면적으로 수정했습니다. 새로운 개정판 출간을 독자 여러분과 더불어 기쁘게 생각하며, 그런 기회를 주신 창비에 감사를 드립니다.

2003년 11월

이종진

## 사람은 무엇으로 사는가

2003년 12월 10일 초판 1쇄 발행
2020년 2월 6일 초판 15쇄 발행

지은이  레프 니꼴라예비치 똘스또이
옮긴이  이종진
그린이  이상권
펴낸이  강일우
편  집  김이구 신수진 김민경 박상육 김세희 성경아
펴낸곳  (주)창비
등록  1986. 8. 5. 제85호
주소  10881 경기도 파주시 회동길 184
전화  031-955-3333
팩스  031-955-3399(영업) 031-955-3400(편집)
홈페이지  www.changbikids.com
전자우편  enfant@changbi.com